# 채널마스터

## CHANNEL MASTER

# 채널마스터 15
## CHANNEL MASTER

한태민 현대 판타지 장편소설

초판 1쇄 찍은 날 | 2019년 6월 21일
초판 1쇄 펴낸 날 | 2019년 6월 28일

지은이 | 한태민
펴낸이 | 예경원

기획 | 위시북스
편집책임 | 이규재
편집 | 위시북스

펴낸곳 | 예원북스
등록번호 | 제396-2012-000132호
등록일자 | 2012. 7. 25
KFN | 제1-432호

주소 | 경기도 고양시 일산동구 호수로 646-24 위너스21II빌딩 206A호 (우)10401
전화 | 031-819-9431 팩스 | 031-817-9432
E-mail | yewonbooks@naver.com

ISBN 979-11-6424-341-9 04810
      979-11-6098-760-7 (set)

# 채널마스터

## CHANNEL MASTER

WISHBOOKS MODERN FANTASY STORY

15

완결

한태민 현대 판타지 장편소설

# 채널마스터
## CHANNEL MASTER

## CONTENTS

# CHAPTER 1

　한수는 자신을 향해 쏟아지는 기립박수를 받으며 입가에 미소를 그렸다. 후련한 마음으로 클래식을 놓을 수 있을 것 같았다.

　사람들은 격한 반응을 보였다.

　"와, 처음에는 소문이 너무 과장된 게 아닌가 했는데 진짜 엄청나다."

　"가슴을 울리는 그런 연주였어."

　"정말 최고였던 거 같아."

　개중 몇몇은 눈가가 붉어져 촉촉해져 있었다.

　"하, 아름다웠어."

　"가슴이 찡하게 울렸다니까?"

관객들의 반응은 극찬 일색이었다. 그리고 삼십 분 정도 휴식 시간이 주어졌다.

관객들은 화장실을 가거나 혹은 목을 축이기 위해 바깥으로 나왔다. 삼삼오오 그들이 모여 떠드는 이야기는 한결같았다.

최고의 연주. 말이 필요 없는 무대.

앞으로도 런던 필하모닉 관현악단의 연주를 들으러 오게 될 것 같다 등.

한수뿐만 아니라 런던 필하모닉 관현악단에게도 극찬이 쏟아지고 있었다.

대기실로 들어온 런던 필하모닉 관현악단 단원들의 얼굴에서는 자부심이 느껴졌다.

그동안 런던 심포니 오케스트라나 필하모니아 오케스트라에 비해 실력이 처진다고 혹평을 받았는데, 오늘 관객들이 자신들을 향해 보낸 이 박수 소리로 그들은 너무나도 즐거웠다.

"아, 한 곡 더 연주할 수 있었으면 좋았을 텐데."

"그러게. 오늘은 유독 연주가 잘되더라고. 마치 이 녀석이 내게 중얼거리는 거 같더라니까? 하하."

"드디어 미친 거 아니야? 슬슬 은퇴해야 할 거 같은데?"

"뭐라고? 진짜라니까! 나 혼자 그랬던 거야?"

시끌벅적 대기실이 소란스러운 가운데 한수가 문을 열고 대기실 안에 들어왔다.

잭을 비롯한 젊은 단원 몇몇이 민망한 표정으로 한수를 쳐다봤다.

처음 그를 시험하려 했던 건 명백한 실수였다.

그들 역시 한수와 함께 연주할 때 자신들의 실력이 명백하게 더 살아나고 있다는 걸 뼈저리게 느끼고 있었다.

잭을 비롯한 젊은 단원들이 한수를 향해 고개를 꾸벅 숙여 보였다.

그들로서는 그들보다 한참 어린 한수에게 존경의 의미를 담은 것이었다.

한수가 미소를 지으며 들어왔다.

마에스트로 블라미르가 그런 한수를 끌어안으며 말했다.

"고생했네. 진짜 이렇게 되니 자네를 내 페르소나로 데려오고 싶은 생각뿐이야."

페르소나, 보통 영화계에서 많이 쓰이는 표현이다. 어떤 영화감독이 새로운 영화를 연출할 때 늘 캐스팅하는 배우가 있다면 그 배우를 가리켜 페르소나라고 표현한다.

블라미르는 영화계 용어를 이용해서 한수를 런던 필하모닉 관현악단의 피아니스트로 데려오고 싶다는 걸 노골적으로 드러낸 셈이었다.

한수가 그 말에 웃으며 대답했다.

"죄송합니다, 마에스트로. 그건 어렵겠네요."

"하하, 그렇겠지. 이젠 축구 쪽에서 자네 이름이 워낙 뜨겁 더군."

"그런가요?"

"며칠 전 플로렌티노 페레즈 회장을 만났다고 하던데? 그가 갈락티코의 일원으로 자네를 영입하고자 하는 게 아닌가? 일 부 시티 팬들은 그 소식을 접하고 울분을 쏟아내더군. 그러나 챔피언스리그 진출이 가능할지조차 알지 못하는 상황에서 무 작정 자네를 붙잡기도 어려울 테지."

"하하, 뭐, 영입 제안을 받은 건 사실입니다. 다만 축구 선수 로 뛸지 아직 생각해 보지 않았습니다. 그냥 언론이 기삿거리 가 없으니까 자극적으로 쏟아내는 것일 테죠."

그때였다. 잭이 큰 목소리로 외쳤다.

"한스!"

"네? 잭, 무슨 일이죠?"

잭이 얼굴을 붉히며 물었다.

"아, 아스널은 어떤가요?"

"아……."

한수가 그를 바라봤다.

런던 필하모닉 관현악단은 이름 그대로 런던에 그 소재를 두고 있다.

이곳 관현악단의 단원들 역시 런던 태생이 대부분이다.

그리고 그들이 응원하는 축구팀 역시 런던을 연고지로 두고 있는 팀일 것이다.

첼시나 아스널, 토트넘 홋스퍼.

런던을 연고지로 두고 있는 명문 구단들이다. 잭은 아스널 팬인 듯했다.

한수가 멋쩍은 얼굴로 대답했다.

"미안해요, 잭. 그건 어렵겠네요."

두루뭉술한 아까 전 대답과 달리 단호한 지금 대답에 잭의 얼굴이 침울해졌다.

피아니스트로서의 강한수는 의심했지만, 축구 선수로서 강한수는 의심할 게 전혀 없었다.

그는 맨체스터 시티에 입단하자마자 첫 시즌에 트레블을 들어 올린 걸출한 선수였기 때문이다.

하지만 그는 아스널로 이적할 생각은 전혀 없는 모양이었다.

실제로 아르센 벵거 감독이 사임하고 난 뒤 아스널은 재정적인 건전성은 유지됐지만 뛰어난 선수단을 유지하는 데 실패하면서 챔피언스리그 진출은커녕 유로파리그 진출에도 허덕이고 있었기 때문이다.

그런 만큼 프리미어리그의 내부 경쟁력이 워낙 강화된 것도 그것에 적지 않은 영향을 미쳤다. 그렇게 소소한 대화가 오고 간 뒤 한수가 헛기침을 몇 번 하며 입을 열었다.

"짧은 시간이었지만 다들 감사합니다. 특히 마에스트로 블라미르, 덕분에 최고의 연주를 할 수 있었습니다. 런던 필하모닉 관현악단과 함께했던 연주도 제 기억에 늘 남아 있을 겁니다."

마에스트로 블라미르가 환한 얼굴로 대답했다.

"나 역시 영광이었네."

그리고 한수는 재차 런던 필하모닉 관현악단 단원들을 향해 고개를 숙여 보였다.

"감사합니다."

짝짝짝-

박수갈채가 쏟아졌다.

그때 문이 열리며 마에스트로 필립 마젤이 들어왔다. 그는 머리를 긁적이며 말을 꺼냈다.

"내가 훈훈한 분위기를 방해한 건 아닌지 모르겠군."

"아닙니다. 마에스트로 필립. 무슨 일이십니까?"

마에스트로 블라미르가 마에스트로 필립 마젤을 쳐다보며 물었다.

마에스트로 필립 마젤이 한수를 가리키며 물었다.

"한스 좀 데려가려 왔네. 우리의 순회공연도 오늘이 마지막이라서 말이지. 하하."

"아, 그렇죠. 알겠습니다. 한스, 즐거웠네."

한수는 마지막으로 마에스트로 블라미르를 비롯한 런던 필하모닉 관현악단의 단원들과 한 명, 한 명 악수를 주고받았다.

그중 몇몇은 눈시울을 붉히는 경우도 있었다.

한수는 그들을 바라보며 묘한 감정이 들었다.

처음에만 해도 자신을 인정하려 들지 않던 사람들이었다. 그러나 지금 와서는 그들 모두 자신과의 작별을 아쉬워하고 있었다.

뭉클한 감정에 한수의 눈가도 촉촉해졌다.

눈물이 흘러내린 것까진 아니었지만 그래도 한수의 마음도 뭉클함에 젖어 있었다.

그렇게 한수는 작별 인사를 나눈 뒤 마에스트로 필립 마젤과 함께 바르샤바 필하모닉 관현악단이 쓰고 있는 대기실로 이동했다.

마에스트로 필립 마젤이 짓궂은 얼굴로 한수를 쳐다보며 말했다.

"하하, 나는 한스 자네가 우는 줄 알았네."

"그럴 리가요. 그냥 가슴이 뭉클해졌던 것뿐입니다."

"좋은 일이지. 음악이란 건 그래서 늘 옳은 것이고."

마에스트로 필립 마젤의 표정은 밝았다.

그에게는 음악에 대한 절대적인 신념이 있었다. 그리고 그가 확신 어린 표정으로 한수를 향해 말했다.

"자, 그럼 이제 우리 바르샤바 필하모닉 관현악단의 연주를 보여주세."

"물론입니다."

"최고의 연주로 피날레를 마치도록 하세나."

"그럴 생각입니다, 마에스트로."

한수는 유종의 미를 거둘 생각이었다.

삼십 분 주어진 휴식 시간.

런던 시민들은 이제 오늘 남은 마지막 무대를 기대하기 시작했다.

바르샤바 필하모닉 관현악단은 쇼팽 피아노 협주곡 2번을 연주할 예정이었다.

갈라 콘서트 그리고 베를린에서, 한수는 쇼팽 피아노 협주곡 2번으로 엄청난 연주를 보인 바 있었다.

쇼팽 피아노 협주곡 1번 못지않은 웅장함을 갖춘 섬세한 연주로 최고의 연주를 보여줬다.

그랬기 때문에 런던 시민들은 그들이 갈라 콘서트에서 보여준 그 피아노 협주곡 2번을 이곳에서는 어떻게 연주할지 무척 고대 중이었다.

삼십 분이었는데도 불구하고 시간이 좀처럼 흘러가질 않

왔다.

화장실을 몇 차례 들락날락했고 허기를 때웠는데도 불구하고 삼십 분이 훌쩍 지났을 줄 알았는데 기껏해야 2~3분 정도 시간이 지났을 뿐이었다.

"하, 이렇게 기다려지게 될 줄이야."

"그러니까. 이 정도 연주만 들을 수 있다면 매번 관현악단의 연주를 들으러 올 텐데."

"나도 한스의 피아노 독주도 듣고 싶어. 이게 한스의 연주회였으면 그것도 좋았을 거 같은데 말이야."

"그러게. 혹시 솔로로 연주회를 다닐 생각은 없을까? 그럼 암표를 사는 한이 있더라도 무조건 쫓아다닐 거야."

"그러다가 직장에서 잘리면 어쩌려고?"

"뭐, 그건 그렇지만……."

시끌벅적해진 사이 시간이 느릿느릿하게 굴러갔다.

그동안 한수는 마지막 연주를 마무리하기 위해 심호흡을 하며 마음을 다스리고 있었다.

최고의 연주를 선보이겠다는 마음가짐으로 한수는 호흡을 가다듬었다.

그러는 사이 삼십 분이 지나갔다.

바르샤바 필하모닉 관현악단이 먼저 무대에 오르기 시작했다.

하나둘 그들이 무대 위를 빼곡하게 메웠다. 그다음 콘서트 마스터가 무대에 섰고 그 이후에는 마에스트로 필립 마젤이 올라왔다.

보통 마에스트로가 마지막에 올라오는 걸 감안하면 오늘 무대는 순전히 한수를 위해 준비한 무대라고 봐도 무방했다.

그리고 한수가 올라왔을 때 사우스뱅크 센터의 콘서트홀이 박수갈채 소리로 시끌벅적해졌다.

동시에 오케스트라의 연주와 함께 마지막 연주가 시작됐다.

모든 연주가 끝났다.

한수는 그제야 순회공연이 끝났음을 깨달았다. 전신에 무력감이 느껴졌다. 하지만 한수는 입가에 미소를 그릴 수 있었다.

마지막 무대였지만 최고의 무대였다. 그것을 보여주듯 관객들은 저마다 여운에 취해 있었다.

그리고 여운이 끝나갈 무렵 모든 사람이 일어나서 우레와 같은 박수갈채를 보냈다. 한수는 몇 차례 커튼콜에 응해야 했다.

쇼팽 국제 피아노 콩쿠르 예선이 있었던 9월부터 지금 12월까지.

석 달 동안의 모든 일정이 끝이 났다.

이제는 다시 그리운 고국으로 귀국해야 할 시간이었다. 그러나 연주가 끝났는데도 불구하고 한수는 좀처럼 런던을 떠날 수 없었다.

그를 찾아온 유명 인사가 워낙 많았기 때문이다.

에릭 클랩튼과 폴 매카트니 경도 한수는 한 번 자리를 마련해서 만날 수 있었다.

두 사람 모두 한수가 클래식 가이가 될 줄은 생각지도 못했다는 듯 웃고 있었다.

"그래도 대단하군. 네 살 때부터 피아노를 쳐온 천재들이 그렇게 많은 곳에서 단번에 우승을 차지할 줄은 생각지도 못했어."

"운이 좋았을 뿐입니다."

"운이라니. 그게 다 자네 실력인 거지."

그때 폴 매카트니가 한수를 보며 물었다.

"이제 슬슬 귀국할 생각인가?"

"예, 내일모레 귀국할 예정입니다. 내일은 아는 사람하고 저녁을 먹기로 했거든요."

"그렇군, 그럼 언제 또 런던에 올 생각이 있는가?"

"글쎄요, 아직 잘 모르겠습니다. 무슨 일이라도 있으신지요?"

"무슨 일이긴, 더 늙기 전에 자네하고 앨범을 하나 내고 싶은 생각이 있어서 말이네."

"예?"

뜻밖의 제안에 한수가 눈을 동그랗게 떴다.

그때 에릭 클랩튼이 불편한 표정으로 말을 꺼냈다.

"크흠, 제가 먼저 하려던 제안이었는데 불쑥 그러실 줄이야. 나 역시 자네하고 음반을 하나 내고 싶네. 이미 몇 곡은 작곡을 해두기도 했고."

거장들의 잇따른 제안에 한수가 머뭇거렸다. 둘 다 세계적으로 손꼽히는 거장들이다.

한 명은 살아 있는 비틀즈의 전설이고 다른 한 명은 세계 3대 기타리스트 중 한 명이다.

누구의 제안도 허투루 듣기 어려운 게 사실이었다.


한수는 두 사람을 번갈아 바라봤다. 둘 다 거장 중의 거장이다. 누구 한 명 선택하는 건 정말 어려운 문제가 아닐 수 없었다.

한수가 결국 백기를 들었다.

"두 분 다 영광입니다. 언제 시간이 된다면 곧장 찾아뵙겠습니다."

"허허, 능구렁이가 따로 없어."

"나야 오늘도 시간이 되는데 어떤가?"

폴 매카트니가 미소를 지었다.

한수는 시계를 확인했다. 벌써 작은 시곗바늘이 11을 가리키고 있다.

저녁 11시.

그런데도 오늘도 시간이 된다는 그의 말에 한수는 폴 매카트니가 얼마나 자신을 원하는지 확실하게 알 수 있었다.

어찌어찌 한수는 그들과 대화를 끝난 뒤 호텔로 돌아올 수 있었다.

최대한 빠른 시일 안에 같이 앨범을 내자는 게 그들의 의사였고 한수는 그들의 의사를 최대한 따르기로 했다.

두 사람 모두 고령이었다.

그런 만큼 한수로서도 그들과 하루라도 빨리 앨범을 같이 내는 게 옳을 터였다.

호텔로 돌아오던 중 사이먼이 한수에게 물었다.

"언제 작업할 생각이야?"

두 사람은 한수가 런던에서 머무르는 사이 가족들을 만나고 왔다. 가족들이 모두 런던에 있다 보니 그들에게 지금 이 시간은 그야말로 이등병의 첫 휴가와 맞먹을 정도로 귀중했다.

"글쎄요. 일단 한 번 귀국은 해야 돼요."

"아, 그 영화 때문에 그렇지?"

"예."

한수가 쇼팽 국제 피아노 콩쿠르에 참가해서 우승을 수상한 뒤 순회공연을 도는 동안 영화 「버스커」는 770만 명의 관객을 동원한 뒤 막을 내렸다.

그 이후로도 IPTV나 DVD 등을 통해서도 판매되었고 그 판매량이 적지 않았다.

그것을 기념하기 위해 영화사에서는 영화 「버스커」를 본 팬들을 모아 팬미팅을 한두 차례 열기로 했고 당연히 한수는 주연 배우로서 그 자리에 참석해야만 했다.

그 이후에는 추가 작업이 끝나가고 있는 폴 그린그래스 감독의 신작 영화와 관련해서 언론사들과 인터뷰를 가질 예정이었다. 그뿐만 아니라 몇몇 미국 TV 프로그램 출연도 예정되어 있었다.

그것을 생각해 보면 빨라야 두 달에서 세 달 정도는 시간이 소요되지 않을까 싶었다.

"음, 진짜 너무 바쁜 거 아니야?"

"이거 끝나고 저도 당분간 쉬려고요. 그동안 못 본 사람도 너무 많은 데다가 이쯤 했으니 쉬어도 될 것 같고요."

"좋은 생각이네. 이참에 한 번 여행을 다녀보는 건 어때?"

"여행이요? 무슨 아마존이나 사바나, 이런 곳 가자는 건 아니겠죠?"

사이먼이 고개를 절레절레 저었다.

"그럴 리가 있겠냐? 우리도 방송 촬영이 아니었으면 그런 곳은 가지도 않았을 거야."

다니엘도 말없이 고개를 끄덕였다.


다음 날 한수는 귀국할 준비를 하기 시작했다.

오늘 저녁 베어 그릴스를 만난 뒤 내일 오전 비행기로 귀국할 예정이었다. 그리고 한수는 그 날 저녁 오랜만에 베어 그릴스를 만날 수 있었다.

세월의 흐름을 베어 그릴스에게도 느낄 수 있었다. 오랜만에 보는 그는 꽤 후덕해져 있었다.

"베어, 오랜만이에요."

"한스! 못 보던 사이에 너무 거물이 되어버린 거 아니야? 하하, 내가 예전에 한스랑 같이 촬영했다고 하면 다들 놀랄 정도라니까?"

"그 정도예요? 그럴 거 같진 않은데⋯⋯."

"진짜야. 하하, 어쨌든 오랜만이야. 저 녀석들은 어때? 보디가드로 쓸 만해?"

"그럼요. 두 분 다 SAS 출신의 특수부대원이잖아요. 누구보다 든든하죠."

"그래? 그럼 다행이고."

네 사람은 시끌벅적한 저녁 식사를 시작했다. 요란스러운 가운데 별의별 이야기들이 오고갔고 그들은 거나하게 취할 수 있었다.

그리고 그렇게 런던에서의 마지막 밤도, 피아니스트로서의 한수의 순회공연도 끝이 났다.

한수에게는 정말 재미있고 즐거웠던 석 달이 아닐 수 없었다.

다음 날 오전 한수는 사이먼, 다니엘 두 사람과 함께 런던 히스로 공항으로 향했다.

그를 위해 런던 시장이 직접 리무진을 보내왔고 한수는 편안하게 공항에 도착할 수 있었다. 그리고 귀빈들만 이용할 수 있는 전용 출입구로 이동해서 곧장 퍼스트 클래스에 탑승했다.

사이먼이 한수를 보며 말했다.

"진짜 네 덕분에 호강하고 다닌다. 퍼스트 클래스에 귀빈들만 이용 가능한 전용 출입구까지……."

"하하, 고마우면 다음 달 월급은 없는 걸로 하는 거 어때요?"

"뭐? 인마! 그건 악덕 고용주지. 내가 그러면 노동청에 고소해 버릴 거야!"

사이먼이 투덜거렸다. 그것도 잠시 몇십 분 정도 지난 뒤 비즈니스석 손님들과 이코노미석 손님들도 탑승하기 시작했고 비행기가 런던 히스로 공항을 떠나 대한민국으로 이동했다.

드디어 귀국하는 것이었다.

한수가 귀국한다는 건 이미 국내에 파다하게 알려져 있었다.

쇼팽 국제 피아노 콩쿠르 우승자.

한국인의 2연속 우승.

일부는 한국인이 드디어 게임뿐만 아니라 클래식도 접수하는 게 아니냐는 섣부른 추측마저 내놓고 있었다.

어쨌든 그 정도로 뛰어난 인재가 유럽에서의 순회공연을 끝마치고 귀국하고 있는 것이었다.

단연 기자들은 그 소식에 크게 관심을 가질 수밖에 없었다.

일단 한국인이 외국에 나가서 엄청난 성과를 거둬들였다. 그뿐만 아니라 그 한국인이 평범한 한국인도 아니고 엄청나게 유명하다.

그거 하나만으로도 클릭 수가 올라가는 소리가 들릴 정도다.

게다가 그는 요즘 이런저런 루머에 휩싸여 있었다. 개중 가장 흥미로운 소문은 역시 그가 다시 축구 선수로 뛸 수 있다는 것이었다.

맨체스터 시티가 가장 안달이 났고 레알 마드리드도 그와 접촉했다는 소문이 있었다.

실제로 두 구단의 회장이 강한수를 만나는 장면이 파파라치한테 포착되었고 그 루머는 점점 더 커지고 있었다.

"언제 온다고 했지?"

"저녁 열 시쯤 귀국이라고 들은 거 같은데?"

"그런가? 근데 왜 이렇게 사람이 많아?"

"그러게. 연휴도 아닌데 사람이……."

오전 일찍 공항에 모여 있던 기자들이 고개를 절레절레 저었다.

실제로 사람이 미어터질 만큼 많았다. 그들은 입국장에서 누군가를 기다리고 있었다. 기자 중 한 명이 그들에게 슬며시 다가가 물었다.

"누구 기다리고 있으신 건가요?"

"저요? 강한수요!"

"네? 강한수는 오늘 저녁 무렵에나 귀국한다던데……."

"알고 왔어요!"

그녀는 늘씬한 체형의 꽤 예쁘장한 여자였다. 기자는 마침 시간도 남는 김에 그녀와 인터뷰를 했다.

처음에만 해도 당황해하던 그녀가 흔쾌히 고개를 끄덕였다.

"어디서 오신 누구세요?"

"대전에서 올라온 이은영입니다!"

"아, 지금 직업은 어떻게 되세요?"

"저 대학생이에요! 올해 입학했어요."

"아, 대학생이셨구나. 오늘 누구 보러 오신 거예요?"

"한수 오빠요! 진짜 보고 싶었어요."

"강한수 씨 팬이신가요?"

"네!"

"어떻게 하다가 팬이 되셨나요?"

"영화 「버스커」 보고 팬이 됐어요! 진짜 연기 너무 잘하세요!"

"아, 「버스커」 보셨구나. 그러고 보니 이번에 팬미팅하신다던 데 신청은 하셨어요?"

"네! 당연하죠. 그래서 영화 일곱 번 봤어요!"

기자는 혀를 내둘렀다. 그래도 똑같은 영화를 스무 번이나 서른 번 넘게 보는 사람도 있다고 하는 걸 보면 이 정도는 약과라고 쳐야 하는 건가도 싶었다.

"그래서 당첨은 되셨어요?"

"네! 당첨됐죠!"

그녀는 무척 뿌듯해하고 있었다. 기자도 덩달아 유쾌해졌다.

"축하드려요. 꼭 팬미팅 가서서 강한수 씨 만나셨으면 좋겠 네요. 만약 강한수 씨 만나면 어떨 거 같아요?"

"되게 설렐 거 같아요. 진짜 팬이거든요."

"그런데 이번에 강한수 씨가 제니퍼 로렌스하고 사귄다고 하 던데 괜찮으세요?"

"⋯⋯네! 괜찮습니다!"

살짝 흔들리는 듯했지만, 그녀는 이내 멘탈을 붙잡고 대답 했다.

기자는 그녀가 문득 귀여워 보였다. 그것도 잠시 그는 다시 인터뷰에 집중하기 시작했다.

그리고 인터뷰가 끝나갈 무렵 그가 조심스러운 목소리로 그녀에게 물었다.

"저 팬미팅 언제 가세요?"

"저요? 월요일에 가요!"

"아, 알겠습니다. 기사 잘 써드릴게요."

"네!"

그 이후로도 꽤 오랜 기다림이 계속되었다. 그리고 저녁 열시 무렵이 되었을 때 런던 히스로 공항에서 출발했던 비행기 한 대가 인천 국제공항에 들어오기 시작했다.

그 무렵 인천 국제공항 1층 입국장에는 정말 많은 인파가 몰려 있었다.

기자들도 당황했을 만큼, 웬만한 아이돌 저리 가라 할 정도의 인파가 모여들어 북적이고 있었다.

한수를 마중 나온 박 대표와 윤환도 당황할 만큼 정말 많은 인파였다.

"한수 인기가 장난 아니네요."

왕년의 한류스타였던 윤환이 혀를 내둘렀다. 지금도 윤환은 한류스타이긴 했지만, 과거만큼은 아니었다.

반면에 지금 한수에게 쏠린 인기는 진짜였다. 그는 한류스타, 아니, 월드 스타라고 할 수 있었다.

국내에도 그만한 월드 스타는 없다고 봐야 했다.

실제로 한수는 음악, 스포츠 뭐 하나 가릴 것 없이 최고 수준의 모습을 보여줬기 때문이다.

그렇게 인천 국제공항에 비행기가 착륙한 뒤 십여 분쯤 지나 한국이 낳은 최고의 월드스타가 입국하기 시작했다.

"꺄아아악~"

비명 소리가 곳곳에서 터져 나왔다.

"오빠! 잘생겼어요!"

"오빠!"

한수를 부르는 목소리가 쏟아졌다. 선글라스를 낀 채 입국하던 한수도 당황한 듯 눈을 크게 뜨고 있었다.

이 정도로 많은 인파가 자신을 환영할 줄은 미처 생각지 못했다는 반응이었다.

그는 어렵사리 인파를 뚫었다. 한편에서는 기자들의 플래시 세례가 이어졌다.

몇몇 기자가 용기를 내어 한수에게 인터뷰를 청하기도 했다.

한수는 몇몇 인터뷰에 응하면서 입국장을 빠른 발걸음으로 빠져나갔다. 그러는 동안 박 대표는 김 실장에게 미리 연락을 취하고 있었다.

한수는 미리 대기 중이던 밴에 올라탔고 박 대표와 윤환도 가까스로 밴에 올라타는 데 성공했다.

그 뒤를 수많은 인파가 뒤쫓았다. 한수는 팬들을 향해 마지막으로 손을 흔들어주었고 밴은 빠른 속도로 인천 국제공항을 벗어나기 시작했다.

그제야 박 대표가 한숨을 돌리며 한수에게 말했다.

"와, 미친 거 아니냐? 뭐 이렇게 사람이 많냐?"

"그러게요. 저도 진짜 놀랐어요."

한수가 선글라스를 벗으며 대답했다.

"그보다 너 진짜 오랜만이다? 거의 석 달? 넉 달 만에 오는 거 아니야?"

"그보다 더 됐죠."

한수가 어깨를 으쓱거렸다.

"유럽 순회공연하고 온 느낌은 어때?"

윤환 질문에 한수가 미소 지으며 말했다.

"좋았어요. 음악은 그 자체만으로 너무 좋더라고요."

윤환은 그 말에 가타부타 말없이 엄지를 치켜들었다. 그때 박 대표가 한수를 보며 물었다.

"너 스케줄 어떻게 잡혀 있는지 알고 있지?"

"예, 알고 있어요."

"이거 다 소화하고 미국으로 넘어갈 거지?"

"네. 그리고 대표님이 한번 알아봐 주셔야 할 게 있어요."

"응? 뭔데? 설마 너 진짜 그 맨체스터 시티에서 다시 뭘 생각…… 아니지?"

박 대표 얼굴이 새파래졌다.

하루가 멀다 하고 쏟아지는 각종 청탁에 그는 몸이 열 개라도 부족할 정도였고 선물이라고 보기에 너무 부담스러운 건 거절하고 있었다.

그런 상황에서 한수가 맨체스터 시티에 입단해 버리면 닭 쫓던 개 꼴이 되어버리는 것이었다.

개중에는 한수와 함께 콜라보레이션을 해본 적 있는 권지연의 소속사도 있었다.

"그러고 보니 지연 씨가 한 번 더 앨……."

그때 한수가 박 대표를 쳐다보며 말했다.

"폴 매카트니 경하고 에릭 클랩튼이 저보고 앨범을 같이 내고 싶으시데요. 그거 계약 좀 조율해 주세요."

그 말에 박 대표는 꿀 먹은 벙어리가 될 수밖에 없었다.


폴 매카트니가 누군가.

전설적인 비틀즈의 일원으로 비틀즈의 심장으로 불렸던 사내다.

에릭 클랩튼은? 지미 페이지, 제프 백과 함께 세계 3대 기타리스트로 손꼽히는 전설적인 기타리스트다.

두 사람에게 공통으로 들어가는 단어가 있다.

'전설적인(Legendary)'이다.

그들 이름이 언급됐다. 그런데 권지연을 언급할 수는 없는 노릇이다.

그들과 권지연은 말이 안 될 만큼 엄청난 격차가 있기 때문이다. 권지연 소속사에 이야기하면 그들도 군말 없이 물러날 정도로 그들이 가지는 위엄은 엄청나다.

박 대표가 더듬거리는 목소리로 물었다.

"지, 진짜야?"

"예, 귀국 준비하느라 바빠서 미처 언급을 못 했어요. 가급적 빠른 시일 안에 준비 좀 부탁드릴게요."

"그래, 네가 원하면 그렇게 해야지. 앨범 준비는 언제부터 하려고?"

"일단 이번 팬미팅 끝나면 다시 할리우드로 넘어가야 하는데…… 생각 좀 해봐야 할 것 같아요. 빨라야 두 달에서 석 달 정도 필요하지 않을까요?"

옆에 있던 윤환이 조심스럽게 물었다.

"두 분 다 고령이시지 않아? 최대한 빨리해야 하지 않을까?"

"예. 그래서 어쩌면 미국 가기 전 런던으로 다시 갈 생각도 하고 있어요."

사이먼과 다니엘이 그 말에 반색했다.

두 사람도 한국 생활을 꽤 오래 한 덕분에 지금은 어느 정도 한국어를 이해하고 있었다.

그들에게는 한수가 런던으로 돌아간다는 것만큼 좋은 일도 없었다.

런던에 가족이 있기 때문이다.

"어쨌든 계약서 초안 마련해 주시고 어떤 식으로 협의할 건지 확인해서 저한테 알려주세요."

"그래. 그건 어렵지 않지. 바로 처리해 줄게."

박 대표가 고개를 끄덕였다.

그러다가 박 대표가 머뭇거리던 끝에 한수에게 물었다.

"야, 근데 너 그「더 썬(The Sun)」에 기사가 떴던데. 그거 사실이야? 지난번 전화 통화했을 때 별일 아니라고 했지만 그래도 혹시나 해서."

"음, 영입 제안이 있던 건 사실이에요."

박 대표가 입술을 깨물었다. 윤환도 한수를 빤히 바라봤다.

지금 폴라리스 엔터테인먼트는 한수 한 명이 지탱하고 있는 것이나 다름없다.

만약 한수가 없어진다면? 폴라리스 엔터테인먼트는 그저 그런 중소기획사에 불과해진다.

폴라리스 엔터테인먼트의 연습생을 각종 프로그램에 꾸준히 노출시키려면 선배 연예인의 도움이 필요하다.

그전에는 윤환의 도움을 받았지만 그게 너무 잦아지다 보니 방송국에서는 슬슬 한수를 원하고 있었다.

엄밀히 말하면 그들이 폴라리스 엔터테인먼트에 보다 더 많은 편의를 봐준 건 강한수가 폴라리스 엔터테인먼트에 소속되어 있었기 때문이다.

만약 강한수가 폴라리스 엔터테인먼트를 떠나 다시 맨체스터 시티 소속의 축구 선수로 뛰게 된다면 방송국에서도 더는 편의를 봐줄 이유가 없어지는 것이었다.

물론 몇몇 축구 프로그램에서는 오히려 더 열을 올리려 할 수도 있겠지만 말이다.

박 대표가 한수에게 물었다.

"영입 조건이 어떻게 되는데? 그냥 바로 맨체스터 시티에 입단한다고 하진 않았을 거잖아."

한수가 말했다.

"두 가지 조건을 걸긴 했어요."

"두 가지 조건?"

"하나는 연봉이에요. 연봉은 세계 최고 수준으로 해달라고 했어요."

현존하는 축구 선수 중에서 가장 많은 연봉을 받고 있는 선수는 네이마르다.

그는 파리 생제르맹에서 5천만 유로, 한화로 치면 675억 원에 달하는 고액 연봉을 수령 중에 있다.

매년 그에게 지급하는 연봉이 S급 선수 한 명을 사들일 수 있는 돈인 셈이다.

그러나 맨체스터 시티에서 한수에게 내 건 조건은 네이마르 이상 가는 연봉이다.

"……그러면."

"7천만 유로 정도 첫해는 그 정도 지급될 예정이에요."

기름 부자로 불리던 사우디아라비아를 비롯한 중동 국가들은 지금에 이르러서는 금융 부자로 거듭났다.

자신들이 갖고 있는 부를 금융에 투자했고 막대한 자본을 바탕으로 어마어마한 돈을 벌어들이고 있다.

돈이 돈을 버는 세상인 셈이다. 그들에게 7천만 유로, 한화로 950억 원에 달하는 연봉은 대수롭지 않다.

그러나 지금 이 밴에 타고 있는 사람들에게는 입이 쩍 벌어질 만큼 어마어마한 액수임이 분명했다.

"와, 처, 천억을 일 년마다 버는 거야?"

연봉이 천억 원이다.

누구라도 쉽사리 생각할 수 없는 그런 큰돈이다. 박 대표는 애써 심호흡을 하며 한수에게 재차 물었다.

"두 번째 조건은 뭔데?"

"맨체스터 시티가 2020-2021시즌에도 챔피언스리그에 진출하는 거였어요."

"흠, 어려울 수도 있겠는데?"

프리미어리그를 즐겨보는 윤환이 부정적인 전망을 내놓았다. 실제로 맨체스터 시티는 최근 들어 좋지 않은 행보를 보이고 있다.

하지만 박 대표의 얼굴에는 근심이 깊게 어려 있었다.

두 번째 조건은 별개로 쳐도 연봉이 천억 원이라고 하는데 누구라도 탐낼 수밖에 없는 그런 돈이었기 때문이다.

1년 동안 축구 선수로 뛰면서 수령할 수 있는 돈이 천억이니까.

단순히 연봉만 그 정도고 그 이외에 광고로 벌어들이는 수입이나 기타 다른 수입을 감안한다면 그의 재산은 기하급수적으로 늘어날 게 분명했다.

결국 박 대표는 이 문제는 간섭하지 않기로 했다. 어차피 폴라리스 엔터테인먼트는 한수의 개인 자산을 갖고 설립되었다. 그리고 박 대표는 단순히 한수에게 고용된 피고용자에 불과하다.

그가 회사 대표라고 하지만 그간 허울뿐인 직함이기 때문이다.

결국 주사위는 한수 손에 들려 있는 셈이었다. 하지만 지금 당장 사서 고민할 필요는 없었다. 결과가 나오려면 아직 5개월

남짓의 시간이 더 남아 있었다.

챔피언스리그 결승전이 끝나고 유럽 최강자가 결정되는 날까지 기다려봐야 했기 때문이다.

귀국하자마자 한수에게 갖은 인터뷰 요청이 쏟아졌다.

국내에서 가장 권위 있는 일간지부터 이름도 들어본 적 없는 인터넷 지라시 매체까지.

모든 곳에서 한수와 인터뷰를 하고 싶어 했다. 그 정도로 한수의 인기는 국내에서 폭발적이었다.

그렇다 보니 이번 영화 「버스커」가 700만 관객을 동원한 덕분에 치러지는 팬미팅 행사에는 정말 많은 사람이 로또에 당첨되길 바라는 심정으로 입찰했고 당첨자들은 진짜 로또에 당첨된 것처럼 들떠 했다.

한수는 오랜만에 만나는 서현을 보며 어색한 얼굴로 인사를 건넸다.

"잘 지냈지?"

"응. 너도 잘 지냈어?"

"늘 바빴지. 귀국하고 나서도 계속 바빴어."

몇 가지 광고 촬영에 인터뷰까지. 한수는 시간에 쫓기는 삶을 살아야 했다.

서현도 그것을 알고 있었다. 그러나 그녀가 뾰로통한 목소리로 말했다.

"그래도 선물은 사다 줘야지. 너무한 거 아니야?"

"……미안. 다음에는 사다 줄게."

"제니퍼하고는 어때?"

서현이 스리슬쩍 물었다. 한수가 얼굴을 붉게 물들이며 말했다.

"음, 귀국하고 몇 번 영상통화는 했어. 제니퍼도 영화 촬영 때문에 바빠서 한동안은 못 볼 거 같아."

"그렇구나. 둘 다 월드스타라서 여간 바쁜 게 아닌 모양이네."

서현이 한수를 바라봤다. 한때 한수는 그냥 요리 잘하는 일반인이었다.

처음 그를 만난 건 「하루 세끼」 촬영에서였다. 그때 호감을 느꼈고 그 이후로도 몇 차례 감정을 교류했다.

그러나 그 이상 나아가지 못했고 한수는 웬 외국인과 교제를 시작했다. 그리고 지금 한수는 세계적인 여배우와 교제 중이다.

얼마나 오래 연애할지는 알지 못하지만 서현 입장에서는 서글픈 일이었다. 좋아하는 감정이 있는데도 불구하고 그것을 제대로 표현하질 못했기 때문이다.

그리고 그 후회는 앞으로도 계속 이어질 것만 같았다.

그것도 잠시 팬미팅이 시작됐다. 한수는 서현과 함께 무대로 향했다.

국내에서 가장 큰 영화관 하나를 통째로 대관해서 열리는 이번 팬미팅에는 이백 명이 넘는 팬들이 당첨되어 오게 됐다. 그리고 월요일부터 수요일까지 3일 동안 팬미팅이 이어질 예정이었다.

한수는 영화관을 가득 메우고 있는 팬들을 보며 눈에 이채를 드러냈다.

개중 몇몇은 대포만큼 커다란 카메라를 든 채 한수를 촬영 중이기도 했다.

그때 한수 눈에 기자 신분증을 한 남자가 영화관을 두리번거리는 모습이 눈에 들어왔다.

아무래도 누군가를 찾는 모양이었다.

조강식은 영훈일보의 연예부 기자였다.

어제만 해도 그는 인천 국제공항에서 열두 시간 넘게 대기하며 강한수가 입국하는 걸 취재하는 게 거북하기만 했다.

하다못해 아이돌이나 여배우라면 한결 나을 텐데 상대가

남자였기 때문이다.

그러나 우연히 올해 막 입대한 여대생 이은영을 만나게 되고 그는 운명이라는 게 존재하는 게 아닌가 하는 생각을 하게 됐다.

그리고 오늘 팬미팅에 참가하기로 한 이은영을 만나기 위해 이곳까지 왔고 지금은 그녀를 찾고 있었다.

단 하루 몇 시간 남짓 만난 것뿐이었지만 그녀는 그의 마음 깊숙이 남았기 때문이다.

그러던 그때 그의 눈에 어제 만났던 이은영이 들어왔다.

"……."

그는 심호흡을 거듭했다. 그리고 그녀에게 걸어갈까 고민했다.

하지만 그녀가 자신을 불편하게 여긴다면? 고민이 되었다.

그러는 동안 팬미팅이 시작됐다.

영화감독 장수전부터 차례차례 팬들을 향해 고개를 숙이며 인사를 시작했고 몇몇 퀴즈가 오고 갔다.

한두 번 영화를 본 팬이라면 쉽게 알 수 없을 만큼 고난이도의 문제도 있었고 또는 쉬운 문제도 있었다.

그렇게 정답자가 하나둘 나오면서 그들에게 스태프가 배지를 나눠줬다.

이따가 무대로 내려와서 자신이 좋아하는 스타와 대화를

40 **채널마스터** 15
CHANNELMASTER

나누거나 혹은 포옹할 수 있는 기회를 부여하는 것이었다.

그러는 사이 이은영도 정답을 하나 맞추는 데 성공했다.

누구보다 기뻐하는 그녀 모습이 포착됐다. 조강식은 입술을 깨물었다. 그리고 그는 다시 인터뷰에 집중하기 시작했다.

어제 무언가 교류가 오고 갔다고 생각한 건 자신만의 착각일 가능성이 농후했기 때문이다.


팬미팅은 물 흐르듯 진행됐다. 그리고 아까 전 정답을 맞힌 참가자들이 무대 아래로 내려오기 시작했다.

그때 이은영은 어제 만났던 익숙한 얼굴을 발견했다. 한 시간 가까이 자신을 인터뷰했던 그 기자였다.

"어? 안녕하세요."

"저, 기억하세요?"

"그럼요! 어제 저 인터뷰해 가셨잖아요! 기사에는 실렸나요? 제가 아직 확인을 못 해봤어요."

"아, 내일 실릴 거예요. 내일 한번 확인해 보세요."

"영훈일보 조강식 기자님 맞으시죠? 꼭 확인해 볼 거예요!"

조강식은 침을 꿀꺽 삼켰다. 그가 건넨 명함을 그녀는 이렇게 기억하고 있는 듯했다.

그가 말을 건네려 할 때였다. 스태프 한 명이 그녀를 향해 소리쳤다.

"저기요. 빨리 올라오세요."

"아, 죄송합니다."

그녀는 조강식 기자를 향해 고개를 꾸벅 숙여 보인 뒤 재빠르게 무대 위로 올라갔다. 그리고 순번을 기다리던 그녀가 안긴 건 바로 강한수였다.

그것을 촬영하며 조강식 기자는 한숨을 길게 내쉬었다. 오늘따라 유독 한수가 부럽기만 했다.


첫날 팬미팅이 끝이 났다.

한수는 집으로 돌아가기 위해 밴에 올라탔다. 그때 그런 한수 눈에 아까 그 남자가 잡혔다.

영훈일보의 기자라고 했던가?

그는 바깥에서 누군가를 기다리고 있었다. 그러다가 아까 전 자신에게 갑자기 포옹해서 안겼던 예쁘장한 여대생이 걸어 나오는 게 보였다.

한수는 흥미로운 눈길로 두 사람을 바라봤다. 어색한 인사가 오고 가는 가운데 남자가 용기 내어 말하고 있었다.

그 순간 시동이 걸린 밴이 빠르게 출발했다.

"실장님! 잠깐⋯⋯."

그러나 이미 그들은 시야에서 점점 더 멀어지고 있었다.

김 실장이 당혹스러운 얼굴로 한수를 쳐다보며 물었다.

"왜? 무슨 일 있어?"

"아, 음, 별거 아니에요."

한수는 대수롭지 않다는 얼굴로 말했다. 그래도 내심 뒷이야기가 어떻게 되었을지 궁금했다.

그것도 잠시 집에 도착한 뒤 한수는 채널 마스터의 능력을 다시 한번 확인했다.

어느덧 한수는 정말 다양한 채널을 확보했다.

최하위 카테고리에 있는 채널은 거의 다 확보했다. 한수는 마음만 먹으면 어떤 것이든 정점에 오를 자신이 충분히 있었다.

그 분야를 몇십 년 넘게 연구하고 또 일해 온 수많은 사람의 지식과 그들의 생각을 자신의 것으로 흡수할 수 있는 괴랄한 능력 덕분이다.

더 많은 채널을 확보하면 확보할수록 한수는 이 능력이 얼마나 현시대하고는 맞지 않는 오버 테크놀로지인지 느끼고 있었다.

한수는 카테고리를 확인하다가 카테고리2에 해당하는 채널을 확인했다.

종합편성채널. 지상파 바로 아래 존재하고 있는 채널이다.

영화와 드라마, 두 채널을 확보한 한수에게 있어서 이제 상위 채널에 남은 건 단 두 개뿐이다.

종합편성채널과 지상파.

그리고 한수는 드디어 종합편성채널을 확보할 수 있게 되었다는 걸 확인할 수 있었다.

종합편성은 보도, 교양, 오락 등 다양한 방송분야 상호간에 조화를 이루도록 방송프로그램을 편성하는 것을 의미하는 용어로 현재 국내에 있는 종합편성채널은 모두 네 곳이다.

지상파와 많은 점에서 비슷하지만 지상파와 다른 점이 있다면 지역 방송국이 별개로 존재하지 않는다는 것, 유료방송 서비스이기 때문에 유료방송에 가입해야 볼 수 있다는 것, 중간광고가 허용된다는 것 등이다.

어떻게 보면 지상파보다 더 많은 점에 있어서 유리하다.

신문사에서 직접 차린 방송 채널로 한수는 첫 번째 종합편성채널을 확보할 수 있었다.

그가 확보한 채널은 OBC였다. 그는 OBC에서 제작하고 있는 프로그램 두 편에 출연한 적이 있었다.

하나는 「숨은 가수 찾기」였고 다른 하나는 「쉐프의 비법」이었다.

한수는 「숨은 가수 찾기」에서 모창으로 이름을 날렸다.

당시 그가 모창을 했던 가수는 한류스타 윤환과 대한민국 최고의 보컬리스트로 손꼽히는 임태호였다.

그 이후 「쉐프의 비법」에는 장희연 덕분에 출연하게 됐고 그러면서 한수의 요리 실력이 대중적으로 더 많이 알려지는 계기가 되었다.

그렇게 막상 종합편성채널을 확보했지만 크게 바뀐 점은 없었다.

기존에 해오던 걸 계속해 오던 그런 느낌이었다.

디테일한 점에서는 확실히 차이점이 있었지만 크게 두드러질 만큼 차이가 나는 건 아니었다.

다만 한 가지 유용한 점이 있다면 확보하지 못했던 몇몇 채널도 자연스럽게 자신의 것으로 만들 수가 있었다.

국내 채널이 개수가 그렇게 적은 편은 아니다.

그 모든 채널을 한수가 일일이 확보하는 건 사실상 불가능하다. 그렇게 하려면 정말 많은 시간이 필요로 할 것이다.

그러나 종합편성채널을 확보하면서 한수는 OBC 산하에 있는 몇몇 채널을 자신의 것으로 만들 수 있었다.

그만큼 채널을 확보하는 데 있어서 시간을 크게 단축할 수 있게 된 것이었다.

일단 종합편성채널을 확보한 상태에서 한수는 스케줄을 확인했다.

팬미팅 행사가 끝나는 대로 한국에서 며칠 동안 쉬었다가 곧바로 미국으로 다시 떠나야 했다.

그래도 미국에는 제니퍼 로렌스가 있으니 아무래도 외로움은 덜할 터였다.

스케줄을 정리하고 있을 때였다. 휴대폰이 울려댔다.

한수가 발신자를 확인했다. 발신자는 어머니였다. 한수는 스스럼없이 전화를 받았다.

"예, 어머니. 무슨 일이세요?"

-너 지금 집이니?

"그렇죠. 조금 전에 팬미팅 마치고 왔어요."

-……아직도 나는 적응이 안 된다. 한국 대학교 졸업해서 번듯하게 취업할 줄 알았는데……. 그보다 지금 집에 와줄 수 있니?

"무슨 일 있으세요?"

갑작스럽게 자신을 찾는 엄마 말에 한수가 당혹스러운 목소리로 물었다.

-별일 아니고 일단 집에 와 봐.

"알았어요."

자신을 찾는 어머니 말에 한수는 하는 수 없이 지친 몸을 이끌고 주차장으로 내려왔다. 그리고 그는 만수르 왕자가 자신에게 선물한 람보르기니를 타고 본가로 향했다.

부모님은 여전히 그 아파트에서 살고 있었다.

이미 돈은 적지 않게 벌어둔 한수가 몇 차례 넌지시 이사를 권유했지만 두 분은 그래도 이 아파트가 마음에 드는 모양이었다.

람보르기니 한 대가 도착하자 아파트 주민들은 심드렁한 반응을 보였다. 예전이었으면 난리가 났을 것이다.

람보르기니 센테나리오 로드스터. 공도에서 흔히 볼 수 있는 모델이 아닌 전 세계에서 단 20대만 한정판매된 특별 모델이다.

당연히 시선이 갈 수밖에 없다. 그런데도 이들이 무신경한 이유는 워낙 자주 봤기 때문이다.

"그 집 연예인 아들이 또 왔는가벼."

"그러게. 그 집도 참 대단해. 더 큰 집으로 이사 갈 수도 있을 텐데 여지껏 이사도 안 가는 걸 보면."

"더 넓은 집은 청소하기 번거로워서 일부러 그렇다고 하던데? 어차피 자식은 따로 나가서 사니까 굳이 넓은 집 갈 이유는 없지."

"그건 그래."

그러는 사이 빈 주차장이 차를 세운 뒤 한수는 곧장 부모님 집으로 올라갔다.

한수가 오자마자 부모님이 한수를 반겼다.

"귀국하고서 어떻게 한 번도 집에 안 올 수 있는 거냐?"

"죄송해요. 근데 일정이 워낙 바빠서요."

"어휴, 자식 얼굴을 이렇게 보기 어려워서야."

"그런데 무슨 일 있으세요? 저 내일 또 팬미팅 잡혀 있어서 바빠요."

한수 말에 한수 어머니가 눈매를 좁혔다. 그것도 잠시 그녀가 스크랩한 신문 하나를 가져오며 물었다.

"너, 이거 사실이니?"

어머니가 스크랩해 둔 신문에는 한수가 할리우드의 특급 스타 제니퍼 로렌스와 열애설이 났다는 게 대문짝만큼 크게 실려 있었다.

스포츠신문 1면에 실려 있을 만큼 엄청 빅뉴스였다.

한수가 멋쩍은 얼굴로 대답했다.

"사실이에요."

"너! 지난번에도 그 애쉴리인지 뭔지 하고 사귀다가 헤어져 놓고 또 외국인하고 사귀는 거니?"

"좋은 여자예요. 자립심 있고 강인하고 밝고 착하고 예쁘고. 어머니도 한번 보시면 마음에 들어 하실 거예요."

한수 말에 한수 어머니 표정이 뾰로통해졌다.

그때 그녀가 봉투에서 사진을 꺼내더니 차례대로 테이블 위에 올려놓기 시작했다.

"이거 한번 봐보렴."

"이게 뭐예요?"

테이블 위에 깔린 사진은 여자 사진이었다. 셋 다 미모의 여성들로 각각 다른 매력을 뿜어내고 있었다.

"뭐겠니? 이것도 봐보고."

그러면서 한수 어머니가 이번에는 그들의 프로필이 적혀 있는 서류첩을 내밀었다.

한수는 이것이 뭔지 알 수 있었다. 맞선용 프로필이었다.

"……제가 지금 몇 살인데 무슨 맞선이에요?"

"맞선이 어때서? 오히려 그게 더 좋을 수 있단다. 요즘 누가 연애결혼한다니? 다들 조건 맞춰서 좋은 집안끼리 결혼하는 거지. 안 그래요? 여보?"

한수 아버지가 탐탁지 않은 얼굴로 말했다.

"이 문제는 한수에게 일임해 둡시다. 당신도 그러기로 해놓고서 왜 이제 와서 또 안달이 난 거야?"

"안달이라뇨. 그래도 저는 며느리는 한국인이 좋다고요. 서양 며느리하고 말도 안 통할 테고, 또 배우라면서요. 배우면 매번 바쁠 거 아니에요. 안 그래요?"

"그래도! 결혼이라는 게 조건만 보고 한다는 게 말이 안 되잖아. 서로 좋아야 하는 거지. 어차피 한수가 이렇게 유명해지지 않았으면 애초에 엮일 일도 없는 집안이었어. 어디서 또 헛바람이 들어서!"

"헛바람이라뇨! 그럼 내 친구들이 지금 날 꼬드겼다는 거예요?"

결국 아버지는 성질을 부리며 밖으로 나가버리고 말았다.

"엄마, 왜 그러세요?"

"내가 뭘! 너도 지금 아빠 편드는 거니?"

"하, 그런 게 아니잖아요."

한수는 눈살을 찌푸리며 아버지 뒤를 쫓았다.

"아버지!"

그러나 아버지는 이미 엘리베이터를 타고 내려가고 있었다.

결국 한수는 계단을 따라 빠르게 뛰어 내려왔다. 그리고 그는 엘리베이터가 1층에 도착하기 전 1층에 먼저 다다를 수 있었다.

잠시 뒤, 아버지가 엘리베이터에서 내리다가 숨을 허덕이고 있는 한수를 보고 눈을 동그랗게 떴다.

"너는 언제 내려왔냐?"

"계단으로 뛰어 내려왔죠. 후."

"……술이나 한잔할래?"

"좋죠."

한수는 아버지와 함께 집 앞에 있는 편의점을 향해 걸어갔다.

그때 아파트 1층 주차장에 세워둔 람보르기니 센테나리오 로드스터가 보였다. 한수 아버지가 쓴웃음을 지으며 말했다.

"저 차가 몇십억 한다며?"

"저도 자세히 몰라요. 만수르 왕자한테 선물로 받은 거라서요. 자신이 타고 있는 차 아무거나 한 대 가지라고 해서 가져온 거였어요."

"그러냐? 저번 추석 때 말이다."

"추석이요?"

한수는 한국 대학교에 입학한 이래 친척들을 만난 적이 없었다.

연휴 때 늘 바빴기 때문이다. 연휴에 쉬는 직장인들과 달리 한수는 연휴에 더 바쁘게 일을 해야만 했다.

특히 최근 1년 동안 한수는 영화 촬영 그리고 9월 이후부터는 쇼팽 국제 피아노 콩쿠르 때문에 그 누구보다 열심히 움직였다.

"그래. 친척들이 네 이야기를 많이 하더구나. 개중 누구는 외국에만 나가 있는 네 얼굴을 보고 싶다고도 하고. 사인 좀 대신 받아달라고 해서 야단법석이 아니었지."

"그런 일이 있었어요?"

"응. 괜히 신경 쓰이게 하기 싫어서 일부러 말 안 하고 있었다."

"뭐, 딱히 신경 쓸 일도 아닌걸요."

그러는 사이 두 사람은 편의점에 도착했다. 길을 지나가는 몇몇 사람이 한수를 보고는 눈을 동그랗게 떴다. 자신이 아는 그 강한수가 맞는지 의구심이 드는 모양이었다.

그러나 한수는 아랑곳하지 않고 편의점 안에 들어왔다. 그가 소주를 꺼내는 동안 한수 아버지는 안주로 먹을 만한 것들을 챙기기 시작했다.

그 모습을 보고 있으니 4년 전 일이 문득 생각났다.

그 날은 한수가 처음 능력을 얻고 재수를 하겠다고 선언한 바로 그 날이었다.

그 날에도 한수는 아버지와 함께 편의점에 와서 술을 마시며 오징어 다리를 뜯은 경험이 있었다.

당시 아버지는 한수를 믿는다며 용기를 불어넣어 줬고 그 덕분에 한수는 채널 마스터의 능력을 이용해서 한국 대학교에 입학할 수 있었다.

계산대에 각종 먹을거리와 소주, 맥주 등을 한 아름 쌓았다. 그리고 한수가 결제하려 할 때 아버지가 그런 한수를 막아서며 자신의 카드를 내밀었다.

"제가 결제할게요, 아버지."

"됐어. 이게 얼마나 한다고. 이건 내가 결제하마."

당황해하던 편의점 아르바이트생은 아버지가 내민 카드를 받고 긁었다.

계산을 끝낸 뒤 두 사람은 밖으로 나왔다.

그리고 편의점 앞에 마련되어 있는 파라솔 아래 앉았다.

"여기 둘이서 오는 게 사 년만인가?"

"예, 맞아요. 저 재수 준비할 때 편의점에 와서 술에 오징어 다리 뜯었잖아요. 하하."

"그랬지."

두 사람은 테이블 위에 놓인 안줏거리 중 오징어채를 바라보며 웃음을 터뜨렸다. 그때 아버지가 한수를 보며 물었다.

"어떠냐? 그때 네 목표는 수능 만점에 한국 대학교 입학이었잖냐."

"그 목표는 이미 이루었죠."

"그러면 지금 네 목표는 어떤 거냐?"

아버지의 질문에 한수가 생각에 잠겼다.

궁극적인 목표는 「채널 마스터」가 되는 것이다. 그렇지만 이건 그 누구에게도 밝힐 수 없는 자신만의 비밀이다.

한수가 고민 끝에 대답했다.

"역사에 이름을 남기는 사람이 되고 싶어요."

「채널 마스터」가 되려면 필연적으로 이 경지에는 올라서야 한다. 한수의 목표는 현재 이것이었다.

한수 아버지는 뿌듯한 얼굴로 한수를 바라봤다. 아들이 어떤 이상을 세워두고 있을지 궁금했다.

처음 이곳 편의점에서 함께 술잔을 기울이며 안주를 먹을 때만 해도 한수 아버지는 한수가 한국 대학교에 입학한다는 건 생각지도 못했다.

아들이 하겠다고 했기 때문에 선뜻 찬성한 것이었다.

그동안 늘 흐리멍덩하게 지내던 아들이 무언가 이렇게 확신에 차서 주장하는 모습은 한 번도 본 적 없었기 때문이다.

그래도 한수는 자신이 말했던 약속을 지켰다. 그 어렵다는 수학능력시험에서 만점을 받으며 한국 대학교에 수석으로 합격했다.

문제는 그 이후였다. 홍대 입구에서 버스킹을 한 이후 연예계로 방향을 틀어버렸다.

한수의 부모로서는 생각지도 못한 일이었다. 그러나 아들이 하고 싶다는데 말릴 수는 없는 노릇이었다.

그래서 한수 아버지는 오늘 한수한테 그의 속마음을 전해 듣고 싶었다. 그것 때문에 지금쯤 한수는 도대체 어떤 생각을 하고 있는 것인지 그것에 관해 물어본 것이었다.

그리고 한수는 자신이 생각했던 것 이상으로 더 훌륭한 목표를 제시했다.

한수 아버지가 생각했던 목표는 기껏해야 오스카상을 수상한 배우라던가 혹은 월드스타 정도였는데 설마하니 역사에 이름을 남기는 사람이 되고 싶다고 말할 줄은 생각지도 못한 일이었다.

한수 아버지는 한수를 바라봤다. 아들이 오늘따라 무척 커

보였다.

듬직한 것이 벌써 다 자라서 성인이 된 것만 같았다. 이제 아들 걱정은 더 이상 하지 않아도 될 것 같았다.

그것도 잠시 한수가 아버지를 보며 물었다. 두 사람 모두 어느 정도 술을 마신 덕분에 취기가 살짝 올라온 상태였다.

"아까 전 엄마는 왜 그런 거예요?"

"나도 모른다. 요새 헛바람이 들어서 그런 거야."

"헛바람이요?"

"그래. 현주 엄마하고 재현이 엄마하고 요새 너희 엄마한테 달라붙어서 난리도 아닌 모양이더라."

"……무슨 이유에서인지 알겠네요."

한수가 한숨을 내쉬었다. 그동안 한수는 자신이 번 모든 수입을 자신이 갖고 있었다. 물론 부모님한테 틈틈이 용돈 겸 수입의 일부를 주긴 했다.

그 금액은 일반인 기준으로는 정말 많은 돈이었다. 게다가 강한수라는 유명한 연예인의 엄마다.

그것도 보통 평범한 연예인이 아니라 월드 스타다.

그걸 감안해 보면 근처에 꿀을 빨기 위해 온갖 벌들이 날아들기 마련이다.

한수의 엄마도 그런 과정을 겪은 것뿐이다.

친구로 지내던 사람들이 갑자기 온갖 아부를 하면서 자신을 떠받들어주니까 그 상황에 취해 버린 것일 터였다.

아버지는 그 이후로도 계속해서 푸념을 이어갔다. 아무래도 그동안 엄마한테 적지 않게 시달린 모양이었다.

"예전에는 돈이 많으면 그걸로 행복할 줄 알았는데 정작 또 그건 아닌 모양이더구나."

"……제가 괜히 많은 돈을 보냈나 봐요."

"아니다. 이게 다 원래 없이 살다가 갑자기 풍족해지니 그런 거야. 그래서 나는 이번 기회에 재산을 정리하고 시골로 내려갈 생각을 하고 있다."

"예?"

"고향으로 돌아가서 농사나 지으면서 화목하게 단둘이 지낼까 생각 중이다. 회사에 다니고 있으면 모를까 회사도 그만둔 마당에 굳이 이곳에 남아 있을 이유는 없지 않겠니?"

"그건 그렇지만……."

한수가 고개를 절레절레 저었다. 벌써 시골로 내려가서 소일거리를 하겠다는 그 생각은 조금 아쉽기만 했다. 그러나 아버지는 이미 단단하게 결심을 굳힌 듯했다.

"잠시 네 엄마한테 전화 좀 하마."

"예, 아버지."

이미 주변은 시끌벅적했다.

한수가 아버지와 함께 술을 마신다는 게 SNS에 퍼졌고 그것 때문에 강한수를 보려고 몰려든 팬들이 들끓고 있었다.

물론 그들 모두 바로 가까이 다가와 있는 건 아니었다. 조금 멀찌감치 떨어진 곳에서 한수를 바라보고 있었다.

한수는 슬쩍 주변을 훑었다. 멀리 떨어지지 않는 곳에 사이먼과 다니엘이 대기 중에 있었다.

한수도 전화를 걸어 두 사람을 불렀다. 밴에서 내린 두 사람이 한수에게 다가왔다.

"왜? 무슨 일 있어?"

"그 안에서 갑갑하게 있는 것보다 같이 쉬라고 불렀죠."

"우리 다 술 마시면 운전은 누가 하고?"

"정 안 되면 근처 모텔에서 자고 가면 되죠. 한국이 모텔이 얼마나 잘되어 있는데요."

"알았어."

그때 한수의 부모님이 함께 오는 모습이 보였다. 여전히 두 사람은 옥신각신하고 있었다.

그때 사이먼과 다니엘을 발견한 두 사람이 발 빠르게 다가 왔다.

"어머. 언제 왔어요? 같이 왔으면 말을 하지."

살갑게 구는 한수 엄마 모습에 사이먼이 넉살 좋은 얼굴로 대답했다.

"하하, 근거리에서 한수를 경호 중에 있었습니다."

"고생이 많네요. 두 분 모두 정말 고마워요."

"아닙니다. 대가를 받고 일하고 있는걸요."

그리고 그들이 테이블을 두 개 자리 잡고 앉았다.


한편 바깥이 시끌벅적해지자 편의점 아르바이트생이 고개를 갸웃거렸다.

아까 전 술과 안줏거리를 사 간 부자(父子) 중 젊은 남자는 얼굴이 낯이 익었다.

큰 키에 꽤 훤칠한 얼굴. 누가 생각해 봐도 여자친구가 있을 것 같은 남자였다.

그보다 더 신기한 건 낯이 익었다는 것이다.

'설마 강한수는 아니겠지?'

한눈에 보고 딱 머릿속에 떠오른 사람은 강한수였다. 그런데 월드스타라고 불리는 그 사람이 이런 작은 편의점에 왔을리는 없다고 생각이 들었다.

그때 문득 편의점주가 했던 말이 생각났다. 이 인근 아파트에 강한수가 살고 있는데 얼마 전 이사를 갔다고.

그러나 그것은 순전히 편의점주의 농담으로 생각하고 있던 아르바이트생이었다. 하지만 계속해서 바깥이 시끄러워지자 그녀는 하는 수없이 바깥으로 나왔다.

혹시 그 부자가 술에 취해 난동을 피우는 건 아닌가 하는 걱정이 들었기 때문이다.

그때 문을 열고 바깥으로 나오려 할 때 친구들에게 카톡이 오기 시작했다. 계속해서 쏟아지는 알림에 그녀가 슬쩍 휴대폰을 확인했다.

곳곳에 CCTV가 설치되어 있다 보니 휴대폰을 확인하는 것도 조심해야 했다.

편의점 아르바이트 도중 딴짓을 하면 편의점주가 노발대발하기 때문이다.

조심스럽게 휴대폰을 확인한 그녀는 눈을 휘둥그레 떴다.

믿기지 않는 이야기가 속속 들어오고 있었다.


―야, 너네 편의점 앞에서 강한수가 지금 소주 마시고 있다는데 사실이야?

―와! 대박! 이거 강한수 맞지? 너네 편의점 앞에 있대. 알고 있었어?

―지금 강한수 보러 팬들 엄청 몰려들고 있다던데? 너 편의점 난리 나겠다. ㅋㅋ


그리고 개중에는 편의점주한테 온 문자도 있었다.


―지애야! 강한수 가게 왔다며? 빨리 사인받아서 보관해 두고 있어! 알았어? 무조건 꼭 사인받아 둬. 알았어?

편의점 아르바이트생, 문지애가 얼굴을 구겼다.

다른 카톡은 전부 다 상관이 없는데 마지막 편의점주의 요구가 압권이었다.

'이게 무슨 말도 안 되는 소리야. 사인을 받아오라니.'

그때였다. 편의점에 누군가 다가오고 있는 모습이 보였다.

그녀는 문 건너편으로 보이는 모습에 눈을 동그랗게 떴다.

상대는 외국인이었다.

한수 부모님은 사이먼과 다니엘, 두 사람과 악수를 나눈 뒤 주변을 둘러봤다.

어느새 사람들이 한가득 몰려 있었다. 한수가 사이먼과 다니엘을 보며 물었다.

"자리를 옮길까요?"

"그러는 게 낫지 않겠어? 사람이 너무 많은데?"

아무래도 이렇게 탁 트인 곳보다는 적당한 곳으로 자리를 옮겨야 할 듯했다.

그때 사이먼이 한수를 보며 말했다.

"잠깐만. 나 뭐 좀 사 갖고 올게. 밴에 타 있어."

"알았어요. 다니엘, 우리 먼저 가요."

"그렇게 하자고."

그들은 남은 것들을 챙기고 밴으로 향했다.

생각보다 사람들이 너무 많이 모여 있었다. 밴을 타러 가는 사이 눈치만 보던 사람들이 줄줄이 몰려들었다.

그러나 이미 그들 모두 밴에 올라탄 상태였다.

얼마 지나지 않아 사이먼이 도착했다. 그리고 그는 자연스럽게 운전석에 올라탔다.

"뭘 사러 갔다 온 거야?"

"아, 이거."

사이먼이 담배를 흔들어 보였다.

"담배가 다 떨어졌었어. 그런데 말이야."

그러면서 그가 잔뜩 신이 난 얼굴로 입을 열었다.

"편의점에 들어갔더니 거기 아르바이트하는 여자애가 나한테……."

"됐어. 시끄럽고 운전이나 해. 지금 사람 엄청 많이 모인 거 안 보여?"

사이먼이 인상을 구겼다. 그러나 실제로 정말 많은 사람이 모여 있었다. 하는 수 없이 그는 빠르게 밴을 몰았다.

뒤늦게 남아 있는 사람들의 얼굴에는 아쉬움이 잔뜩 묻어 나오고 있었다.

그렇게 밴을 타고 그들이 도착한 곳은 한수의 집이었다.

처음에는 윤환의 가게로 갈까 했다. 윤환의 가게는 한수에게 익숙한 곳이었다.

그곳에는 프라이빗룸도 있고 술을 마시기에 더할 나위 없이 좋았다.

하지만 강남역에 있다 보니 워낙 붐비는 데다가 가게 주인이 가게에 없었다.

지금 윤환은 일본에서 투어 중이었다. 아마 한창 도쿄돔에서 투어를 하고 있을 터였다.

그렇기 때문에 한수의 집으로 온 것이었다.

무엇보다 한수 집에는 다양한 식재료와 와인, 그리고 세계 각국의 술들이 즐비했다.

그렇게 집에 도착한 뒤 한수는 곧장 식재료를 모아놓은 다음 안줏거리를 준비하기 시작했다.

그러는 동안 한수 부모님은 사이먼과 다니엘에게 한수의 근황을 보다 더 세세하게 전해들을 수 있었다.

특히 한수가 쇼팽 국제 피아노 콩쿠르에서 우승했을 때 그리고 유럽 순회공연을 돌 때마다 관중들의 기립 박수가 끊이지 않았다는 걸 들으면서 한수 부모님은 벅찬 감동에 휩싸일 수 있었다.

그러는 동안 한수가 안주 준비를 해갖고 와서 내놓았다.

한가득 푸짐하게 차려진 안주를 보며 한수 엄마가 말했다.

"뭐, 이렇게 많이 차릴 필요 있니?"

"그래도 그동안 자주 집에 못 왔잖아요. 그래서 만들었어요."

"고맙다."

그들은 술잔을 기울이며 맛있는 안주를 함께 먹기 시작했다. 그리고 어느 정도 취기가 살짝 올랐을 때였다.

한수가 사이먼과 다니엘을 보며 말했다.

"잠깐 자리 좀 비워줄 수 있겠어?"

"오케이."

두 사람이 서로를 보다가 고개를 끄덕이며 위층으로 올라갔다. 그리고 한수가 두 사람을 보며 말했다.

"두 분께 잠시 드릴 이야기가 있어요."

다음 날 새벽까지 편의점은 시끌벅적했다.

강한수 때문이었다. 편의점 아르바이트생 문지애는 새삼 연예인의 위용이 얼마나 대단한지 깨달을 수 있었다.

그것도 잠시 편의점주가 도착했다. 그는 문지애를 보며 부드러운 목소리로 물었다.

"어떻게 됐어? 사인은 받아뒀겠지?"

문지애는 그 말에 조심스럽게 사인 하나를 꺼내 건넸다.

편의점주의 얼굴이 잔뜩 일그러졌다.

"야! 너 이게 뭐야! 내가 강한수 사인받아 오랬잖아! 이 거지발싸개 같은 사인은 뭔데?"

"그, 그래도 자기도 유명하다고…… 한수 대신해 준다고 해서 받은 건데……."

그녀가 내민 사인은 사이먼, 그가 대신해 준 사인이었다.

편의점주가 인상을 구기며 소리를 빽 내질렀다.

"야! 문지애!"

그러나 그 시각 사인의 주인은 한국에 와서 처음으로 누군가한테 사인을 해줬다는 생각에 무척 뿌듯해하고 있었다.

사이먼으로서는 지금 금방이라도 하늘을 날 것 같은 기분이었다.

# CHAPTER
# 2

한수는 부모님을 보며 말했다.

"집에 오자고 한 건 다른 이유에서가 아니에요. 오늘 같이하고 싶은 이야기가 있어서 그랬어요."

한수의 엄마가 한수를 보며 물었다.

"무슨 이야기를 하고 싶은 건데?"

"엄마, 아까 전 선보라고 하셨잖아요. 다시 말씀드리지만 저는 선 볼 생각 없어요."

한수의 단호한 말에 한수 엄마가 머뭇거리며 말했다.

"혹시 오해할까 봐 그러는데 그건 어디까지나 주변 친구들이 네가 좋은 사람 만났으면 좋겠다고 말해서 소개해 준 거고 당연히 네가 좋아하는 사람 만나야지. 응, 그게 맞는 일이야."

"아무래도 제가 잘못 생각한 거 같아요."

"뭘 잘못 생각했다는 거니?"

"아버지는 시골에 내려가서 한적하게 살고 싶다는데 엄마 생각은 어떠세요?"

"시, 시골?"

아무래도 아버지 혼자 생각하고 있던 일이었던 모양이다.

어머니는 처음 듣는다는 듯 어처구니없다는 표정을 하고 있었다.

한수가 아버지를 보며 물었다.

"엄마한테는 이야기 안 하신 거예요?"

"아직 안 했다. 근데 네가 이렇게 빨리 말할 줄은 생각도 못했지."

아버지도 적잖이 당황하고 있었다. 한수가 이렇게 빨리 말할 줄은 생각지도 못했다는 눈치였다.

그러나 한수는 오늘 지금 이 일을 정리할 필요가 있다고 생각했다.

그동안 정말 많은 돈을 벌었다. 그리고 그 돈은 세무사가 관리 중이었다. 그러면서 한수는 부모님한테 계속해서 돈을 보내고 있었다.

그가 번 수입에 비하면 얼마 안 되는 돈이었지만 웬만한 직장인 월급 정도 되는 돈이었다.

그 덕분에 은퇴한 아버지는 물론 평생 전업주부로 살아온 어머니 모두 풍족한 삶을 영위할 수 있었다.

하지만 그게 문제를 일으키고 말았다.

너무 많은 돈이 오히려 더 큰 불행을 일으킬 수도 있다는 것을 뒤늦게 깨달은 셈이다.

한수가 어머니를 보며 말했다.

"어머니, 아버지 의견을 따라주시는 건 어때요? 엄마도 원래 나이 먹고 시골 가서 전원생활을 즐기고 싶다고 하셨잖아요."

"그래도……. 그럼 현주 엄마나 재현이 엄마는 어떻게 하고. 그밖에 지금 같이 들고 있는 친목계도 있는데……."

"저는 두 분이 화목하고 지내길 원해요. 분명 여행 다녀오기 전까지만 해도 두 분 되게 화목하셨는데 요즘은 어떻죠? 늘 집에 오면 두 분 다투는 모습만 보게 돼요. 자꾸 그러시면 그냥 제가 연예인을 관두겠어요."

"뭐, 뭐라고?"

"만수르 왕자가 저보고 맨체스터 시티에 와서 뛰어달라고 하더라고요. 그냥 이 년에서 삼 년, 맨체스터에서 지내면서 축구 선수로 뛰려고요. 영화도 찍었겠다, 굳이 더 이상 미련 가질 필요 없잖아요."

"너는 무슨, 벌써부터 그런 생각을 하니."

"아니면요, 저는 엄마가 바뀌지 않았으면 해요."

"……알았다. 생각해 보마."

한수는 한숨을 내쉬었다. 설마 돈을 많이 벌었다고 이런 일이 생길 줄이야. 상상조차 하지 못한 일이었다.

아버지가 한수를 보며 눈을 찡긋해 보였다.

그동안 정말 많은 스트레스가 쌓인 모양이었다. 그 정도로 다른 집 엄마들이 엄마한테 연신 헛바람을 집어넣은 것 같아 속이 쓰리기도 했다.

어쨌든 일단락됐으니 다행이었다. 남은 건 이것을 깔끔하게 봉합하는 것 정도였다. 그러나 또 언제 어떻게 일이 터질지 염려스러웠다.

그 날 이후 한수는 집에서 푹 쉬었다.

종합편성채널 OBC를 확보한 뒤 한수는 보다 더 많은 능력에 대해 알아가느라 정신없이 바빴다. 그리고 그는 채널 마스터에 보다 더 가까워지면 가까워질수록 이 능력이 추구하는 바를 알아낼 수 있었다.

전지전능(全知全能).

이 능력이 궁극적으로 목표하는 건 바로 이것이었다. 무엇이든 알고 무엇이든 할 수 있는 그런 힘.

이 능력을 만들어낸 존재는 도대체 누구일까?

그리고 왜 그 능력이 자신에게 주어진 것일까?

끊임없는 호기심이 자신을 괴롭혔다. 그렇지만 이 호기심을 해결하기 위해서는 자신의 능력을 잃을지도 모른다는 위험이 존재했다.

그 위험부담을 이길 수 있을 경우에만 호기심을 해결하는 게 가능했다.

그러나 아직 한수는 이 능력을 잃고 싶지 않았다.

이 능력 덕분에 자신은 세계에서 가장 유명한 인사가 되어 있었고 「TIMES가 선정한 세계에서 가장 영향력 있는 인물」 1위에 꼽힐 수 있었다.

만약 이 능력이 없었다면 그런 건 언감생심 꿈도 꾸지 못했을 것이다.

그렇기 때문에 한수는 궁극의 존재 채널 마스터가 된 뒤 이 능력의 배후를 캐볼 생각이었다.

채널 마스터가 된다면 이 능력이 어떻게 만들어졌는지, 어떻게 해서 자신에게 주어진 건지 알 수 있을지도 모른다고 생각했으니까.

그때였다.

한수가 입술을 깨물었다. 또다시 머리가 지끈거렸다.

근래 들어 두통이 발생하는 빈도가 나날이 늘어나고 있었다.

보다 더 많은 능력을 빠르게 얻으면 얻을수록 과부하가 걸릴 수 있다고 한 게 생각이 났다.

애초에 이 능력이 뇌에 영향을 미치는 것인 만큼 한수 입장에서는 주의 깊게 사용해야 할 필요가 있었다.

'휴, 잠깐 쉬어야겠군.'

한수는 지그시 눈을 감았다. 여전히 지끈거리는 머리를 억지로 식히며 한수는 그대로 침대에 누웠다.

'두통이 너무 심해지는 거 아닌가.'

건강관리는 꾸준히 하고 있었다.

세계적으로 유명한 축구 선수인 만큼 건강관리는 당연한 것이었다.

그뿐만 아니라 건강검진도 지속적으로 받고 있었다.

하지만 병원 검사 결과 이렇다 할 문제가 발생한 적은 단 한 번도 없었다.

오히려 동년배 다른 사람들에 비해 엄청나게 건강하다는 이야기를 여러 차례 듣기도 했다.

조금 머리를 식히는 사이 연락이 왔다. 연락을 해온 곳은 폴 그린그래스 감독의 신작 영화를 제작한 영화사였다.

"제인, 무슨 일이에요?"

-무슨 일이겠어요? 몇몇 유명한 평론가 쪽에서 인터뷰 제안이 왔어요. 당신하고 제니퍼 그리고 폴 감독님하고 인터뷰를

하고 싶어 해요.

"그 이야기는 제 휴식이 끝났다는 이야기군요."

-그렇게 되나요? 미안해요. 어떻게 할 거죠? 지금 바로 올 수 있나요?

"스케줄이 어떻게 잡힌 건데 그렇게 안달이 난 거죠?"

-당장 내일이어도 좋겠다는 게 그들 입장이에요.

한수는 한숨을 내쉬었다.

정작 집에 머문 시간은 며칠 되지 않았다. 그렇다 보니 아쉬움이 많이 남았다.

그래도 꽤 비싼 돈을 주고 구입했던 2층 저택이기 때문이다.

그러나 당분간 할리우드에서 머물면서 생활할 것을 생각해 보면 버버리힐스 근처에 집을 한 채 구해두는 것도 나쁘지 않을 것 같다는 생각이 들었다.

실제로 한수는 지난번에도 버버리힐스에 집을 한 채 사둘 생각을 하고 있었다.

"그럼 도착하는 대로 연락 줄게요."

-가급적 빨리 와줬으면 좋겠어요. ASAP 알죠?

"물론이죠."

한수는 전화를 끊은 뒤 아침을 먹고 퍼질러져 있는 두 사람을 일으켜 깨웠다.

사이먼이 투덜거리는 얼굴로 한수를 보며 물었다.

"무슨 일인데 그래?"

"할리우드로 돌아가야겠어."

"어? 왜? 제니퍼가 너를 찾아?"

"뭔 소리야. 제니퍼는 지금 오스트리아에 있거든?"

"그럼 뭔데?"

"인터뷰 촬영이 잡혔다고 하더라고. 거기에 방송 촬영도 몇 건 있고."

"음, 근데 굳이 우리를 깨워서 말해야 하는 이유가 있어?"

사이먼이 심퉁난 얼굴로 묻자 한수가 웃으며 대답했다.

"그러고 싶었어."

할리우드에 도착한 한수는 공항에서 자신을 기다리고 있던 제인을 마주할 수 있었다.

그녀는 무척 초조한 얼굴로 자신을 기다리고 있었다.

"제인! 저 왔어요."

"어휴, 왜 이렇게 늦게 온 거예요? 얼마나 기다렸는 줄 알아요?"

"아니, 제가 비행기를 운전하는 것도 아니고. 당연히 비행기 시간에 따라 이동하는걸요. 왜 이렇게 난리예요?"

"왜 그렇겠어요? 당신하고 인터뷰하고 싶은 사람이 진짜 많으니까 그렇죠."

"제니퍼는요?"

지금 제니퍼 로렌스는 오스트리아에서 촬영 중으로 알고 있었다.

한수 질문에 제인이 웃으며 말했다.

"걱정 마요. 그녀는 프로라고요."

그 한마디에 한수는 아무 말 없이 그녀 뒤를 쫓을 수밖에 없었다.

한수도 알고 있었다. 그녀는 프로였다. 그녀가 시간 약속에 늦는 경우는 없을 터였다.

어차피 또 다른 영화 촬영도 거의 막바지라고 들어 알고 있었다.

그렇다면 인터뷰 일정을 맞추는데 어려움은 없었을 터.

그렇게 제인과 함께 영화사에 도착한 한수는 반가운 얼굴과 보고 싶던 얼굴을 동시에 볼 수 있었다.

"잘 지냈나?"

반가운 얼굴은 폴 그린그래스 감독이었다. 그리고 보고 싶던 얼굴은 당연히 제니퍼 로렌스였다.

"왔어?"

"영화 촬영 중이라고 하지 않았어?"

"응. 맞아. 근데 엊그제 딱 크랭크업했어."

"언제 개봉하는 거야?"

"글쎄? 빠르면 올해 가을? 아마 그때쯤 개봉하지 않을까 싶어."

한수가 고개를 끄덕였다. 그녀가 새로 찍은 영화는 스릴러 영화였다.

만약 개봉한다면 여름이 제철이지만 여름은 블록버스터들이 미쳐 날뛰는 시기였다.

그렇다면 시기를 피해 가을에 개봉하는 것도 나쁘지 않을 터였다.

묵묵히 연인들이 나누는 대화를 듣고 있던 폴 그린그래스 감독이 두 사람을 보며 물었다.

"우리 영화는 언제 개봉하게 될지 궁금하지 않나?"

한수가 그 질문에 머쓱한 얼굴로 물었다.

"죄송합니다, 감독님. 오랜만에 보는 거여서요."

"그래. 알고 있네. 파리가 마지막이었다고 했지? 어쨌든 개봉 일정이 잡혔다네."

한수는 그 말에 침을 꿀꺽 삼켰다. 자신이 첫 출연한 할리우드 영화다. 보통 스케일도 아니고 블록버스터다.

감독은 폴 그린그래스고 맷 데이먼도 조연으로 출연했다.

본 시리즈의 뒤를 이을 첩보물이다. 그러나 한계도 명확하다.

이미 동양인이 주연 배우 역할을 맡았다는 것 때문에 부정적인 태도를 보이는 일부 미국 보수 언론들도 존재했다.

그것을 감안한다면 흥행 성적이 얼마나 나올지는 알 수 없는 일이었다.

하지만 영화사는 긍정적인 반응을 보이고 있었다.

중국 시장 때문이었다.

세계 영화 시장에서 미국 다음으로 가장 거대한 시장을 형성하고 있는 중국은 빠른 산업화에 맞물려 진짜 거대한 시장이 되어 있었다.

그 덕분에 북미에서 망해도 중국에서 대박이 나면 충분히 손실을 메우고도 남는다는 말이 괜히 나오는 게 아니었다.

그것 때문에 중국 자본이 할리우드에 더욱더 깊숙이 침투하는 영향을 낳았고 일부 영화는 말도 안 되는 어이없는 스토리에 중화주의 사상에 물들기도 했지만 그 모든 게 중국 자본이 갖는 힘이었다.

그러나 한수 입장에서 그건 나쁘지 않은 일이었다.

한수는 월드스타로 중국에서도 그 인기가 만만치 않았다.

실제로 폴라리스 엔터테인먼트에 가장 많은 러브콜을 보내온 곳도 중국이었다.

북경, 상해뿐만 아니라 홍콩에서도 한수를 보고 싶어서 엄청난 개런티를 부를 정도였다.

중국은 축구 선수인 강한수뿐만 아니라 연예인 강한수도 원하고 있었다.

그렇다 보니 영화사는 북미에서 설령 흥행에 참패하더라도 중국에서 개봉하면 손익분기점은 무조건 넘을 것으로 예상 중이었다.

그때 폴 그린그래스 감독이 두 사람을 번갈아 바라보며 말했다.

"올해 여름이네."

블록버스터들이 맞부딪치는 진정한 정글의 계절, 여름.

그때 상영하기로 결정 났다는 말에 한수는 온몸의 피가 끓어오르는 느낌을 받았다.

"그러니까 그동안 두 사람 모두 인터뷰 잘 부탁하네. 영화홍보도 종종 부탁하고."

영화사 그리고 투자사의 의견을 반쯤 무시한 채 고집대로 한수를 주연배우로 밀어붙인 폴 그린그래스 감독.

그가 웃으며 말했다.

한수가 고개를 끄덕였다.

"물론이죠."


그리고 처음 인터뷰를 한 그 날 이후로 넉 달이 지났다.

인터뷰를 한 그 날 이후 넉 달 동안 정말 많은 일이 있었다.

한수는 유명 인사였다. 곳곳에서 그와 인터뷰를 하고 싶어 했다.

물론 그를 고깝게 여기는 반응도 더러 있었다. 그들 대부분 한수를 동양인이라며 비하했다.

인종차별은 여전히 존재했다. 하지만 그런 반응보다 한수를 좋아하고 그를 환영하는 반응이 더 많았다.

그건 노엘 갤러거와 함께한 밴드 활동 덕분이었다.

그 덕분에 브릿팝 열풍이 불었고 덩달아 파워풀한 성량을 인상 깊게 남겼던 한수 역시 좋은 반응을 얻어낼 수 있었다.

그렇게 몇 차례 인터뷰를 가진 뒤 한동안 한수는 바깥출입을 하지 않았다.

버버리힐스를 둘러보다가 사둔 커다란 저택에 머무르며 휴식을 취했다.

제니퍼 로렌스는 한수에게 같이 살 것을 권유했지만 그럴 수는 없는 일이었다.

그 대신 제니퍼 로렌스의 집과는 거리가 무척 가까웠기 때문에 언제든 보고 싶으면 볼 수 있다는 게 가장 큰 장점이었다.

그렇게 두문불출하며 한수가 미국에 있는 저택에 머무른 이유는 두통 때문이었다.

계속되는 두통이 자꾸 머릿속을 헤집어놓고 있었다.

그동안 한수가 얻은 능력은 너무 많았다.

인간 한 명이 갖기에는 지나칠 정도로 많은 능력이었고 그 능력들 때문에 지금 한수의 머릿속은 과부하가 잔뜩 걸린 상태였다.

게다가 그 상태가 시간이 가면 갈수록 악화되고 있는 까닭에 억지로 휴식을 취할 수밖에 없었다.

그렇게 넉 달 동안 자택에서 휴식을 취하며 능력을 최대한 억제해 둔 채 어느 정도 머릿속을 정돈한 뒤에야 한수는 두통에서 조금 벗어날 수 있었다.

그러나 여전히 능력을 남용할 때마다 지끈거리는 두통은 지속적으로 일어나고 있는 중이었다.

하지만 미국에서 뇌과학으로 가장 유명하다는 병원을 가봐도 아무 이상이 없다고 하고 있으니 한수로서는 답답할 노릇이었다.

그래도 넉 달 동안 쉰 덕분일까. 몸 상태는 꽤 호전되어 있었다.

한수가 쉰 덕분에 살판 난 건 다니엘과 사이먼, 두 사람이었다. 그동안 두 사람은 한수가 만든 최고급 요리를 마음껏 즐기며 집에서 농땡이를 피울 수 있었다.

그 때문에 넉 달이 지났을 무렵 두 사람 모두 보기 좋게 군살이 올라 있었다.

사이먼이 고개를 절레절레 저었다.

"이거 군살이 너무 올랐는데? 슬슬 다이어트를 해야겠어."

"나도 비슷해. 이렇게 푹 쉰 건 정말 오랜만이니까."

"그보다 저 녀석은 언제쯤 다시 외부활동을 하려는 걸까? 미국에 계속 남아 있지 않아도 되는 거 아니야?"

"그건 한수 마음이지. 곧 있으면 영화도 개봉하잖아."

"영화보다는 챔피언스리그 결승전이 먼저 아닌가?"

"그것도 있고."

두 사람 모두 고개를 주억거렸다.

6월 초 대망의 챔피언스리그 결승전이 열린다. 챔피언스리그 결승전을 벌일 두 팀은 파리 생제르맹과 맨체스터 시티였다.

맨체스터 시티는 극적으로 혈투를 치르며 챔피언스리그 결승전에 진출할 수 있었다.

프리미어리그 6위로 순위를 마감한 팀으로서는 최선의 결과를 만들어낸 셈이었다.

그것이 가능했던 건 맨체스터 시티의 감독 펩 과르디올라가 리그를 버리고 챔피언스리그에 올인했기 때문에 가능했던 일이었다.

펩 과르디올라는 강한수의 제안에 세 가지 중에서 하나를 선택해야 했다.

괜히 세 마리 토끼를 모두 잡으려다가 아무것도 얻지 못하고 죄다 놓치는 멍청한 사냥꾼이 되어버릴 수는 없었다.

그랬기에 펩 과르디올라 감독이 올인하기로 한 건 챔피언스리그였다.

프리미어리그는 장기전이고 부상자가 많은 맨체스터 시티로서는 우승을 차지한다는 건 불가능했다.

FA컵 우승도 있지만 FA컵은 이미 불의의 일격을 당해 탈락한 상황이었다.

결국 펩 과르디올라 감독은 챔피언스리그에 올인했고 케빈 더 브라이너가 생각했던 것보다 이르게 복귀하면서 그들은 결승전까지 올라설 수 있었다.

특히 4강전에서 그들이 레알 마드리드를 상대로 역전승을 이뤄낸 건 축구 도박사 그 누구도 전혀 예상하지 못했던 흐름이었다.

실제로 4강까지 올랐던 네 팀, 레알 마드리드, 맨체스터 시티, 파리 생제르맹, 맨체스터 유나이티드 중에서 맨체스터 시티의 우승 배당 확률은 32.00으로 가장 낮았다.

"그러고 보니 초대받았다고 하지 않았나?"

"어. 그건 간다고 하더라고."

"캬, 챔피언스리그 결승전을 VIP석에서 볼 수 있게 되다니. 한수의 보디가드를 하길 정말 잘한 거 같다니까?"

"그러게. 최고긴 하지."

닷새 뒤 열릴 챔피언스리그 결승전.

이번에 결승전이 열리는 장소는 이탈리아의 수도 로마였다.

AS로마의 홈구장이기도 한 올림피코 스타디움에서 열릴 예정이었다.

7만 2,698명을 수용할 수 있는 이곳 올림피코 스타디움은 챔피언스리그 결승전의 열기를 보여주기라도 하듯 수많은 사람으로 북적이고 있었으며 인근 호텔은 진즉에 투숙객들로 꽉 차 있었다.

하지만 한수는 별다른 걱정을 하지 않아도 되는 것이 맨체스터 시티에서 그에게 모든 특혜를 제공해 주기로 했기 때문이다.

그리고 이틀 뒤, 한수는 사이먼, 다니엘 두 사람과 함께 로마로 향했다.

맨체스터 시티와 파리 생제르맹.

두 팀이 벌일 결승전을 직관하기 위함이었다.

올림피코 스타디움 인근에 있는 5성급 호텔.

맨체스터 시티의 선수단들은 지금 이곳에 투숙 중이었다.

나흘 전부터 호텔에 와 있는 그들은 인근 훈련장에서 꾸준히 트레이닝을 가지며 곧 있을 챔피언스리그 결승전을 준비하고 있었다.

한수가 사이먼, 다니엘과 함께 투숙하게 된 호텔도 맨체스터 시티의 선수단들이 머무르고 있는 호텔이었다.

한수가 도착했다는 사실이 알려지자마자 프론트로 다급히 내려온 사람 두 명이 있었다.

펩 과르디올라 감독 그리고 맨체스터 시티의 주장 케빈 더 브라이너였다.

그들은 체크인을 하고 있는 한수 일행을 확인하고는 다급히 달려왔다.

"한스! 도착했는가?"

한수는 오랜만에 보는 펩 과르디올라를 보며 미소를 지어 보였다.

"예, 도착했습니다. 감독님께서는…… 고생이 많으셨던 모양이군요."

오랜만에 보는 펩 과르디올라 감독의 얼굴은 무척 상해 있었다.

얼굴 곳곳에 주름살이 가득 패인 데다가 십 년쯤은 더 늙어 보이는 그런 모습이었다.

"하하, 이게 다 자네가 없어서 그런 거지."

한수는 그 말에 웃음을 띠며 말했다.

"이제 딱 한 경기 남았습니다."

"그래. 내게 주어진 기회도 이번 한 번이 전부지."

한수가 만수르 왕자 그리고 펩 과르디올라와 구두로 합의한 것은 언론에도 이미 발표가 나 있었다.

그것 때문에 이번에 맨체스터 시티가 챔피언스리그에서 우승할 수 있을지 없을지 그에 관해 언론들의 관심이 더욱더 집중되어 있었다.

만약 맨체스터 시티가 챔피언스리그에서 우승할 수만 있다면 그들은 세계 최고의 축구 선수라고 할 수 있는 강한수를 영입하는 게 가능해지기 때문이다.

실제로 강한수는 레알 마드리드나 바르셀로나, 맨체스터 유나이티드 같은 세계 최고의 구단에서 영입제의가 왔음에도 불구하고 일절 거부한 채 오로지 단 한 구단 맨체스터 시티에만 뛸 것임을 밝혔기 때문이다.

그런 탓에 강한수가 활약하던 모습을 두 눈으로 똑똑히 본 맨체스터 시티를 제외한 모든 축구 팬은 맨체스터 시티가 챔피언스리그 결승전에서 패배하길 파리 생제르맹 팬 못지않게 강력하게 원하고 있었다.

그 정도로 맨체스터 시티는 공공의 적이 되어 있었다.

그래서일까?

펩 과르디올라 감독의 표정도 눈에 띄게 어두웠다.

"자네와의 계약 조건이 알려진 뒤 모든 구단이 우리를 적대시하더군. 하하, 그만큼 그들은 자네가 돌아오지 않길 바라는 모양이야."

"그런가요? 뭐, 예상했던 일이긴 합니다."

"자네는…… 음, 아니네."

펩 과르디올라 감독이 입을 닫았다.

한수는 그가 무슨 말을 하려 했을지 눈치챌 수 있었다.

아마도 그는 맨체스터 시티가 챔피언스리그에서 우승하지 못하더라도 복귀할 의향이 없는지 물어보고 싶었을 것이다.

한수의 복귀 조건으로 이제 남은 건 단 하나, 챔피언스리그 우승뿐이었으니까.

왜냐하면 프리미어리그에서는 6위에 머물렀고 FA컵도 우승하지 못하면서 맨체스터 시티가 자력으로 챔피언스리그 무대에 진출할 수 있는 방법은 단 하나, 챔피언스리그 우승뿐이었다.

그래야 챔피언스리그 진출권을 확보할 수 있기 때문이다.

두 사람의 대화가 끝나자 케빈 더 브라이너가 홍안의 얼굴을 더욱더 붉히며 한수에게 인사를 건넸다.

"한스! 우리를 응원하러 온 거겠지?"

한수가 케빈 더 브라이너를 보며 웃었다.

"물론이지. 어쨌든 난 시티의 팬이라고. 하하."

"고마워. 네가 꼭 왔으면 했어."

"모레 결승전 기대할게. 발롱도르 수상자의 위엄을 보여주라고."

"······이건 내 발롱도르가 아니야. 네 거지. 그러니까 꼭 너를 복귀시켜서 네가 발롱도르를 타게끔 만들겠어."

굳은 의지가 느껴지는 케빈 더 브라이너 말에 한수가 미소를 지었다.

은퇴했지만 여전히 맨체스터 시티의 선수들은 자신이 돌아오길 바라고 있었다.

그러나 어디까지나 약속은 약속.

그 약속이 지켜질 경우에만 한수는 복귀를 확정지을 생각이었다.

올림피코 스타디움.

이탈리아어로는 스타디오 올림피코(Stadio Olimpico)라고 불리며 7만 2,698명을 수용할 수 있고 이탈리아 축구 대표 팀뿐만 아니라 AS로마와 SS라치오의 홈구장으로 쓰이는 곳.

1960년 로마 올림픽의 주 경기장으로 쓰이며 올림피코 스타디움이라는 이름이 붙은 이곳 스타디오 올림피코는 뜨거운 열기로 불타오르고 있었다.

당연히 국내에서도 새벽 시간인데도 불구하고 중계가 이루어지고 있었다.

"드디어 대망의 챔피언스리그 결승전입니다. 새벽 시간에도 이렇게 저희와 함께 시청해 주시는 모든 시청자 여러분, 감사 드립니다. 오늘 바로 이곳 올림피코 스타디움, 스타디오 올림피코에서 챔피언스리그 결승전이 열리게 됩니다."

한창 축하공연이 펼쳐지고 있는 올림피코 스타디움의 전경이 한눈에 보이기 시작했다.

캐스터와 해설자는 오늘 경기에 나설 두 팀, 맨체스터 시티와 파리 생제르맹에 대해 열띤 이야기를 늘어놓고 있었다.

"파리 생제르맹은 역시 에이스인 네이마르를 중심으로 움직이기 시작하겠죠?"

"그럴 가능성이 농후합니다. 네이마르 그리고 음바페, 이 두 선수가 파리 생제르맹의 선봉대가 되어 맨체스터 시티를 격파할 가능성이 높다고 봐야 할 겁니다."

"그럼 맨체스터 시티는 어떻게 대응하려 할까요?"

"일단 맨체스터 시티에서 가장 눈여겨봐야 할 선수는 역시 케빈 더 브라이너 선수일 테죠. 다비드 실바가 은퇴한 이후 맨체스터 시티의 핵심 선수로 뛰고 있는 건 케빈 더 브라이너 선수니까요. 케빈 더 브라이너 선수와 가브리엘 제수스 선수의 호흡이 어떻게 서로 맞아떨어질지도 오늘 경기의 관전 포인트라고 할 수 있을 거 같습니다."

"결국 공격수가 골을 넣어야 이길 수 있으니까요."

"예, 그렇습니다. 둘 다 방패라기보다는 창이니까요. 그런 만큼 어느 쪽 창이 더 날카로울지 지켜봐야 할 것 같습니다."

"좋습니다. 이제 막 축하공연이 끝이 났군요. 슬슬 선수들이 입장할 준비를 하고 있습니다."

그때였다.

카메라가 돌아가기 시작했다. 그리고 카메라가 비춘 곳은 VIP석이었다.

그곳에는 맨체스터 시티의 구단주 만수르 왕자와 파리 생제르맹의 구단주 타밈 빈 하마드 알 타니가 서로 인사를 나누고 있었다.

그 옆에는 맨체스터 시티와 파리 생제르맹의 고위 임원들도 함께 서 있었다.

그뿐만이 아니었다.

국내 캐스터가 낯익은 얼굴을 발견하고는 눈을 동그랗게 떴다.

"어? 만수르 왕자 옆에 있는 저 양복 입은 남자, 강한수 씨 맞죠?"

해설이 모니터를 가까이 들여다보더니 고개를 끄덕이며 대답했다.

"맞습니다! 강한수 씨 맞네요! 근래 소식이 뜸하더니 저기 있군요."

국내 중계진뿐만이 아니었다. 외국 중계진들 역시 강한수를 언급하기 바빴다.

이미 그는 세계의 중심에 서 있는 남자였다.

그것도 잠시 킥오프와 함께 챔피언스리그 결승전이 시작됐다.


챔피언스리그 결승전.

양 팀은 최강의 전력을 꾸려 출전했다. 챔피언스리그 2연패를 노리고 있는 파리 생제르맹.

특히 네이마르는 이번 챔피언스리그 2연패를 통해 두 번째 발롱도르를 수상하려 하고 있었다.

반면에 맨체스터 시티는 다시 한번 왕좌에 오르길 원하고 있었다. 이미 그들은 벼랑 끝에 몰린 상태였다.

챔피언스리그에서 우승하지 않는 이상 그들은 다음 시즌 유로파리그에서 출발해야 했다. 리그 성적이 워낙 좋지 않았기 때문이다.

보다 더 절박한 쪽은 맨체스터 시티였다.

그리고 그 절박한 심정이 경기력을 통해서도 보일지는 지켜볼 문제였다.

경기가 시작되고 양 팀은 치열하게 맞붙기 시작했다.

공격과 수비가 번갈아 계속되는 가운데, 앞서나가는 팀은 파리 생제르맹이었다.

돌격대장 음바페와 네이마르가 맨체스터 시티의 수비진을 사정없이 흔들어놓고 있었다.

언제 골이 먹혀도 이상하지 않은 상황에서 맨체스터 시티의 골키퍼 에데르손이 역사에 길이 남을 선방을 몇 차례 연거푸 해내며 팀을 지켜내고 있었다.

경기가 계속되면 계속될수록 VIP석에서 경기를 지켜보고 있던 만수르 왕자의 표정은 눈에 띄게 어두워지는 중이었다.

축구를 모르는 사람이 봐도 맨체스터 시티가 열세인 것이 훤히 보였기 때문이다.

그가 옆자리에 앉아 있는 젊은 사내를 돌아보며 말했다.

"한스, 정말 복귀할 의사는 없는 것인가?"

"왕자님, 저는 약속을 지킬 생각입니다. 그 약속이 선행되어야 하겠지만요."

"휴, 결국 우리 선수단에게 달린 일이란 말이군."

"예, 그렇습니다. 이번 챔피언스리그에서 맨체스터 시티가 우승한다면 저는 복귀할 것입니다."

"잔인하군. 펩이 자네를 얼마나 원하는지 모르는가? 그가 실현시키고 싶어 하는 경기는 오직 자네가 있어야만 실현시킬 수 있다고 했네."

펩 과르디올라 감독.

그가 실현시키고자 하는 경기를 생각해 보면 한수의 존재는 필수불가결이었다.

아니, 펩 과르디올라 감독뿐만 아니라 조세 무리뉴, 우나이 에메리, 위르겐 클롭, 지네딘 지단 같은 세계 유수의 명감독들도 한수를 원하는 건 그만큼 한수가 보여줄 수 있는 게 다재 다능했기 때문이다.

그는 올라운드 플레이어(All-round player)였다.

그렇게 치열한 공방전이 계속되는 가운데 드디어 선취점이 터져 나왔다.

만수르 왕자의 수심이 더욱더 짙어졌다. 반면에 그 옆에서 경기를 보던 파리 생제르맹의 구단주 타밈 빈 하마드 알 타니는 싱글벙글 웃음꽃을 피우고 있었다.

메시와 크리스티아누 호날두, 소위 말하는 메날두의 시대가 끝난 뒤 새로운 시대를 제패한 발롱드로 위너 네이마르.

그가 음바페의 정교한 키패스를 이어받아 골을 넣는 데 성공한 것이다.

한수는 네이마르의 볼터치, 드리블 그리고 간결한 슈팅까지 모든 걸 VIP석에서 똑똑히 바라보고 있었다.

그때였다.

네이마르가 관중석으로 다가오는가 싶더니 한수를 똑바로 쳐다봤다. 그리고 그에게 손짓을 했다.

직접 와서 내 눈앞에서 뛰어보라는 그런 메시지를 던진 것이다.

세계 각국의 중계진이 그것을 놓칠 리가 없었다.

"네이마르 주니어! 그가 지금 VIP석에 앉아 있는 강한수에게 강렬한 메시지를 던집니다! 분하냐? 그러면 직접 와서 뛰어라! 그런 메시지겠죠?"

"그럴 가능성이 큽니다. 이번에 맨체스터 시티가 챔피언스리그에서 우승하면 그들은 자동적으로 내년 챔피언스리그 진출권을 확보하게 되고 자연스럽게 강한수 선수도 복귀할 수 있으니까요."

"정말 재미있어지는군요. 그런데 만약 맨체스터 시티가 챔피언스리그에 진출하지 못할 경우에는요? 그럴 경우에는 어떻게 되는 거죠?"

"그러면 강한수 선수도 복귀하지 않을 가능성이 높습니다. 챔피언스리그에도 진출하지 못한 팀에 강한수 선수가 복귀할 이유는 전혀 없으니까요."

"오, 그러면 다른 구단에서 뛸 가능성은 없을까요?"

"레알 마드리드, 바르셀로나, 유벤투스, 맨체스터 유나이티드 같은 내로라하는 구단들이 강한수 선수를 노리고 있다는 소문이 있지만 강한수 선수 본인은 맨체스터 시티에서만 뛰겠다고 선언해 버렸기 때문에 그 가능성은 매우 낮은 상황입니다. 실제로 레알 마드리드의 플로렌티노 페레스 회장이 강한수 선수를 일 대 일로 만나 면담을 나눴지만 전혀 소득이 없었다고 하더군요."

"……아쉽습니다. 그럼 네이마르 주니어가 지금 강한수 선수를 도발한 건……."

"맨체스터 시티가 챔피언스리그에 진출하든 말든 그와 별개로 축구계로 복귀하라는 거겠죠. 그만큼 네이마르 선수는 지금 굶주려 있는 것일지도 모릅니다. 메시와 크리스티아누 호날두가 은퇴한 이후 지금 축구계는 네이마르 주니어 선수의 독무대나 다름없으니까요."

캐스터와 해설자가 만담을 나누는 사이 파리 생제르맹의 구단주 타밈 빈 하마드 알 타니가 한수를 넌지시 바라보며 물었다.

"미스터 강, 우리 구단으로 오는 건 어떻겠소? 당신과 네이마르 주니어 그리고 음바페 이렇게 셋이서 함께 뛰는 모습을 보고 싶구려. 바르셀로나의 MSN이나 레알 마드리드의 BBC보다 훨씬 더 강력한 공격수 조합을 볼 수 있을 것이라고 기대하오만."

레알 마드리드의 주포이자 유럽 최강의 공격수 트리오 BBC.

바르셀로나의 주포이자 남미 최강의 공격수 트리오 MSN.

그러나 이 조합은 오래전 허물어졌다.

그리고 지금 타밈 빈 하마드 알 타니의 제안은 유럽의 주포 음바페, 남미의 주포 네이마르 그리고 아시아의 주포 강한수 이 세 사람을 섞어서 세계 최강의 공격수 트리오 KMN을 만들자는 것이었다.

파리 생제르맹 구단주의 은근한 제안에 한수가 고개를 저었다.

"죄송합니다. 제가 복귀한다면 뛸 구단은 맨체스터 시티, 한 곳뿐입니다."

"허허, 아쉽군. 진정한 세계 최강의 공격수 트리오를 만들고 싶었거늘. 무척 아쉬운 일이구려."

"네이마르 주니어도 원하지 않을 겁니다."

1인자인 리오넬 메시의 그늘에 있기 싫어서 파리 생제르맹으로 이적한 네이마르 주니어다.

강한수가 파리 생제르맹으로 이적한다면 그는 강한수의 그늘아래 있어야 한다.

네이마르 주니어가 그것을 견딜 리가 없다.

불만을 토로할 게 뻔하다.

게다가 그는 실제로 에딘손 카바니하고 한 차례 힘겨루기를 한 전례가 있었다.

"무슨 뜻인지 알겠네."

결국 타밈 빈 하마드 알 타니가 한발 물러섰다.

그들이 대화를 나누는 동안 경기는 접전의 양상을 보이고 있었다.

첫 골을 실점한 맨체스터 시티가 보다 더 강하게 압박을 하기 시작했고 그러면서 균형을 무너뜨리려 하고 있었다.

'하지만…… 계속 이렇게 가면 맨체스터 시티가 먼저 지칠 수밖에 없겠지.'

한수는 고개를 절레절레 저었다.

무너진 균형추를 다시 바로 잡기 위해 펩 과르디올라 감독은 무리하고 있었다.

전반전은 근소하게 앞설 수 있을지라도 후반전은 다시 밀릴 게 분명했다.

객관적으로 봐도 지금 파리 생제르맹의 전력은 역대 최고 수준이었기 때문이다.

그것은 바로 타밈 빈 하마드 알 타니, 저 구단주의 두툼한 지갑에서 끊임없이 나오는 막대한 돈 때문이기도 했다.

그리고 1 대 0으로 파리 생제르맹이 앞선 채 후반전이 시작되었다.

VIP석에 앉아 경기를 보며 사이먼과 다니엘은 연신 미소를 지었다.

곳곳에 은퇴한 레전드 축구 선수들이나 연예인들이 즐비하게 앉아 있었다.

개중에는 눈이 번쩍 뜨일 만한 미녀도 있었다. 할리우드 톱스타 여배우였다.

"제니퍼 로렌스는 왜 초대 안 했대?"

"영화 촬영 때문에 바쁘다잖아."

"그래도 둘이 꽤 오래가네."

"제니퍼가 그만큼 헌신적이잖아. 영화 촬영이 없는 날이면 늘 한스를 보러 왔으니까."

"그건 그래."

두 사람은 고개를 끄덕였다. 지난 넉 달 동안 제니퍼 로렌스가 보여준 모습은 지극정성이 따로 없었다.

자신의 일정이 빡빡하고 바쁜데도 불구하고 그녀는 늘 한수를 챙기려 했다.

그 덕분에 두 사람이 곧 결혼할지도 모른다는 이야기까지 돌고 있었다.

"경기는 어떻게 될까?"

둘 다 영국인답게 축구를 삶 가까이 두고 있다.

그런 만큼 훌리건은 아니지만 열광적인 축구 팬이다.

다니엘이 조심스러운 목소리로 말했다.

"파리 생제르맹이 우승할 가능성이 매우 크다고 할 수 있겠지."

"역시…… 그렇겠지?"

"어. 객관적인 전력상 맨체스터 시티의 열세야. 이대로 가다 간 후반전에 한두 골을 더 먹힐 가능성이 높아."

"그럼 축구 선수로 복귀하는 일은 없어지는 건가?"

"그렇겠지? 한 번 입 밖으로 내뱉은 말은 절대 어기지 않는 녀석이니까."

"그럼 녀석은 앞으로 뭘 할까?"

"글쎄. 테니스 선수가 되려나? 테니스 협회에서 녀석이 한번 참가해 줬으면 한다고 하던데."

"테니스 협회? 그곳은 왜?"

사이먼이 눈을 동그랗게 뜨며 물었다. 다니엘이 고개를 절레 절레 저었다.

"어째서겠어? 녀석이 쇼팽 콩쿠르 협회에 출전한 이후 클래식 업계에 대한 관심이 어마어마하게 늘었잖아. 그래서 한스가 집에서 쉴 때도 콩쿠르 초청이 몇백 건은 왔었고."

"그랬지."

"그러니까 테니스 협회에서도 한수를 이용해 볼 심산인 거겠지. 화제성은 충분하니까."

"나는 농구선수로 뛰었으면 좋겠는데 말이야. 저 녀석 3점 슛 성공률이 사기잖아."

"백 번 던져서 백 번 다 넣을 정도긴 했지."

"스테판 커리가 3점 슈터로 유명하다고 했던가? 아마 한스가 NBA에 데뷔한다면 그 명성은 한스 차지가 될 거야. 안 그래?"

"그렇지. 크큭."

함께 지내면서 한수에 대해 속속 알게 된 건 사이먼과 다니엘, 두 사람이었다.

그들은 두 사람을 보며 한수가 정말 경이로운 존재라는 걸 다시 한번 느낄 수 있었다.

그는 어떤 분야든 한번 파고들기 시작하면 얼마 지나지 않아 그 분야를 완벽하게 해내곤 했기 때문이다.

그것을 농구나 테니스 등 여러 가지 구기 종목에서도, 그리고 온갖 학술 분야에서도 제대로 두각을 드러냈었다.

그리고 한수는 집에서 요양 중이던 넉 달 동안 익명으로 틈틈이 각종 학술 사이트에 논문을 올리곤 했다.

분야마다 서로 다른 익명을 써야 했기 때문에 한수가 갖고 있는 익명만 해도 수십 개가 넘었다.

그때였다.

"고오오오오오올!"

올림피코 스타디움이 시끌벅적해졌다.

네이마르 주니어가 또다시 골을 기록했다. 챔피언스리그 결승전에서 두 골째.

네이마르 주니어는 지금 그야말로 최강의 기량을 보이고 있는 중이었다. 그러나 그는 여전히 목이 말랐다.

VIP석에 앉아 있는 강한수. 그와 맞상대를 하고 싶었다.

그가 있던 맨체스터 시티와 그가 없던 맨체스터 시티는 전혀 다른 팀이었다.

호랑이에게 이빨과 발톱을 모조리 빼버린 듯한 모습이었다. 그랬기 때문에 네이마르는 케빈 더 브라이너가 발롱도르 위너가 된 것이 너무나도 불만족이었다.

그 발롱도르는 마땅히 강한수에게 돌아가야 하는 것이었다.

골을 넣고 그가 세레모니 중일 때 음바페가 네이마르에게 달려와서 물었다.

"네이마르, 우리가 이기면 한스가 복귀 안 할지도 몰라. 그래도 괜찮겠어?"

"아니. 우리가 이겨야 복귀할 거야. 그렇지 않으면 그는 겁쟁이라고 조롱받을 거니까."

"그럴까?"

"어. 그래서 나는 그를 끌어내릴 거야. 내가 진짜 세계 최고임을 증명할 테니까."

네이마르는 VIP석을 다시 바라봤다. 강한수는 무표정한 상태로 앉아 있었다.

네이마르가 혼잣말로 중얼거렸다.

"빨리 그라운드로 오라고. 내가 널 박살 내 버릴 수 있게."

그리고 네이마르는 그 날 해트트릭을 달성했다.

3 대 0.

맨체스터 시티의 완패. 파리 생제르맹이 2019-2020 챔피언스리그 우승을 달성했다.

그리고 맨체스터 시티는 리그 6위에 무관이라는 초라한 성적으로 시즌을 마무리할 수밖에 없었다.


챔피언스리그 결승전이 끝나고 기자들 태반은 컨퍼런스룸에서 네이마르를 취재하기 위해 서성거리고 있었다. 그리고 네이마르 주니어가 라커룸에서 나온 뒤 기자회견이 열렸을 때, 기자들의 첫 질문은 이미 정해져 있었다.

BBC의 기자 한 명이 네이마르를 쳐다보며 물었다.

"네이마르 주니어! 챔피언스리그에서 우승했습니다. 스스로 세계 최고의 선수가 되었다고 생각하십니까?"

레알 마드리드와 더불어 스페인 프리메라리가를 양분하고 있던 바르셀로나.

그 거대 구단을 뛰쳐나와 메시의 그늘에서 자립한 뒤 파리 생제르맹을 챔피언스리그에서 우승시킨 게 바로 네이마르다.

그러나 네이마르는 BBC 기자의 질문에 고개를 저었다.

"아닙니다. 저는 세계 최고의 축구 선수가 아닙니다."

"예? 그럼 누가 세계 최고의 축구 선수라고 생각하십니까?"

"그는 은퇴했지만 축구계로 돌아올 가능성도 여전히 남아 있습니다. 그가 세계 축구계에 나타났을 때부터 그 누구도 리오넬 메시나 크리스티아누 호날두를 세계 최고의 축구 선수라고 평가하질 못했습니다. 그리고 그것은 저 역시 마찬가지입니다."

"……한스 강, 그를 말씀하시는 겁니까?"

기자 한 명이 용감하게 물었다.

웅성거림이 커질 무렵 네이마르 주니어가 고개를 끄덕이며 자리를 벗어났다.

"예, 그가 맞습니다."


한편 네이마르 주니어가 인터뷰를 하고 있을 때 몇몇 기자는 강한수에게도 따라붙었다.

만수르 왕자와 단둘이 이동 중인 강한수에게 따라붙은 기자들이 마이크를 들이대려 했다.

하지만 사이먼과 다니엘 그리고 만수르 왕자의 경호원들이 기자들을 막아섰다.

"아니, 인터뷰 좀 합시다!"

"허락을 받아야만 할 수 있습니다. 물러나시죠."

"당신 뭐야!"

"당신이야말로 소속이 어딥니까? 뭐야? 이 이름도 못 들어 본 회사는? 당신 회사 고소당하고 싶어요?"

만수르 왕자의 경호원 중 한 명이 눈알을 부라렸다.

고소라는 말에 기자가 멈칫거렸다.

그러는 동안 한수와 만수르 왕자는 VIP 통로를 통해 따로 경기장을 빠져나올 수 있었다.

사이먼과 다니엘, 만수르 왕자의 보디가드들까지 다 돌아온 뒤 만수르 왕자가 한수를 보며 물었다.

"오늘 같이 저녁을 먹는 건 어떻겠나?"

고민하던 한수가 고개를 끄덕였다.

"좋습니다."

"그럼 내 차를 타고 이동하지."

"그렇게 하겠습니다."

한수는 만수르 왕자가 타고 온 리무진에 올라탔다.

사이먼과 다니엘은 이곳까지 올 때 이용했던 밴을 타고 리무진 뒤를 쫓았다.

리무진 안에서 만수르 왕자가 아쉬움이 섞인 목소리로 입을 열었다.

"아쉽군. 자네가 내 구단에서 뛰어주길 원했는데. 그게 물거품이 되어버렸어."

"죄송합니다, 왕자님."

"자네가 죄송할 게 뭐가 있겠나? 상황이 그렇게 된 것을."

"제가 없어도 맨체스터 시티는 다시 강력해질 수 있을 것입니다. 펩 과르디올라 감독님도 세계 최고의 감독이니까요."

"하하, 그럼 무슨 소용이 있는가? 팀은 챔피언스리그에 진출하는 데 실패했고 유로파리그에서 다시 시작하게 생겼네. 내염원이던 챔피언스리그 우승은 이룩했지만, 그것은 어디까지나 자네가 있었기에 가능했던 일 아닌가."

결국 만수르 왕자가 한수에게 이야기하고자 하는 건 분명했다.

강한수를 영입하고 싶다는 뜻이었다. 하지만 강한수의 태도도 완강했다.

맨체스터 시티가 챔피언스리그에 진출하지 못한 이상 축구 선수로 뛸 이유는 전혀 없었다.

저녁 식사에서도 만수르 왕자의 회유는 계속되었다.

그는 이루 헤아릴 수 없을 만큼 막대한 부와 그 밖에 여러 가지 특권을 제시했다.

그러나 한수의 마음을 되돌릴 수는 없었다. 그리고 한수는 로마를 떠나 로스앤젤레스로 돌아왔다.

그가 내심 돌아오길 원하던 축구계를 완전히 떠나는 순간이기도 했다.

강한수의 복귀는 없다고 맨체스터 시티 프론트가 최종적으로 못을 박았다.

맨체스터 시티의 구단주 만수르 왕자가 대외적으로 밝힌 이야기였다.

그 소식에 내심 강한수가 돌아오길 원하던 맨체스터 시티 팬들은 아쉬움을 토로했다.

특히 강한수가 다시 맨체스터 시티에서 뛰길 원했던 갤러거 형제의 원망은 어마어마했다.

이번 시즌 맨체스터 시티의 성적이 눈에 띄게 좋지 않았기 때문에 더욱더 그런 것일 수도 있었다.

그 대신 한수는 지난 넉 달 동안 푹 쉰 것을 만회하기라도 하듯 왕성한 활동량을 보이기 시작했다.

그는 로스앤젤레스를 떠나 런던으로 향했다.

그가 주연 배우로 출연한 영화 개봉이 얼마 남지 않았는데도 그가 런던에 온 것은 에릭 클랩튼, 폴 매카트니 경 그리고 갤러거 형제와 약속했던 것을 지키기 위해서였다.

그들과 함께 음반을 내기로 했고 소속사끼리도 협의가 되었기 때문에 런던으로 건너온 것이다.

한수가 도착했을 때 많은 런던 시민들이 그를 축구 선수가 아닌 뮤지션으로 반겼다.

어쩌면 그들은 한수가 맨체스터 시티에 복귀하지 않아서 더욱더 좋아한 것일지도 몰랐다.

축구 팬으로 누군가의 뛰어난 플레이를 보고 열광하는 건 좋은 일이지만 그 선수가 자신의 팀 순위를 한 단계 강제로 하락시킬 것을 알고 있다면 마냥 응원할 수는 없기 때문이다.

어쨌든 런던에 도착한 뒤 한수는 자신을 격하게 반기는 런던 팬들을 보며 조금은 당혹스러운 감정을 느껴야 했다.

그것도 잠시 그는 공항에서 자신을 마중 나온 노엘 갤러거를 마주할 수 있었다.

"인마, 너…… 후."

노엘 갤러거가 인상을 험악하게 구겼다.

맨체스터 시티의 오랜 팬으로 한수가 내린 결정은 그에게 정말 서글픈 일이었다.

그러나 그의 결정을 존중해야만 했다.

"노엘, 어쩔 수 없어요. 저는 만수르 왕자하고 약속을 맺었고 그 결과를 따르는 것뿐이에요. 맨체스터 시티는 챔피언스 리그에 진출하지 못했고 그에 따라 저는 복귀할 수 없어요."

"……알았다. 그보다 앨범 녹음은 누구하고 먼저 작업할 거냐?"

노엘 갤러거는 아쉬움을 털어내려는 듯 음반 작업과 관련 있는 이야기로 방향을 바꿨다.

한수가 공항에 미리 도착해 있던 리무진을 타며 말했다.

"우선은 폴 매카트니 경하고 먼저 작업할 거예요. 그다음은 에릭, 그다음이 지미, 그리고 난 다음 노엘, 그 후에 에드하고 할 거예요."

"폴에 에릭, 지미, 나, 에드라…… 호화군단이 따로 없군."

"뭐, 그 기간 영국이든 미국이든 빌보드 차트는 음, 뭐 할 말이 없네요. 하하."

만약 앨범이 같은 기간에 동시에 발표된다면?

그 기간 빌보드 차트는 난리가 날 게 분명했다.

어떤 곡이든 충분히 1위를 차지할 수 있는 곡이기 때문이다.

"그래, 고생해라. 금방 끝낼 수 있겠지?"

"물론이죠."

"알았다."


그 날 이후 한수는 런던에서 머무르며 세계적인 뮤지션들과 함께 앨범 작업을 이어 나갔다.

앨범 작업은 순조로웠다.

42년생으로 올해 79살, 내년이면 여든이 되는 폴 매카트니 경(Sir. Paul McCartney)은 여전히 정정했다.

그와의 앨범 작업은 순조로웠고 그로부터 듣는 비틀즈의 비화는 숨죽일 만큼 흥미로웠다.

「유튜브(Youtube)」 채널을 확보했고 종합편성채널까지 확보하면서 한수의 확장성은 어마어마해졌지만, 구전으로 전해지는 이야기나 전자화된 문서로 남지 않은 것들은 확인할 수 없는 것이었다.

아마 그것은 구글이나 그 어떤 검색 엔진으로도 찾지 못할 게 분명했다.

애초에 전자화되어 있지 않기 때문이다.

여하튼 그렇게 폴 매카트니 경과 앨범 작업을 끝낸 뒤 한수는 곧장 에릭 클랩튼과 앨범 작업을 이어 나갔다.

그다음은 지미 페이지, 그다음 노엘 갤러거 그리고 에드 시런까지.

그 이외에도 한수가 런던에 머물며 앨범 작업 중이라는 말에 세계 유수의 내로라하는 뮤지션들이 런던으로 찾아왔다.

그들 모두 한수와 함께 작업하고 싶어 했다.

개중에는 한수도 섣부르게 대하지 못할 만한 거물도 존재했다.

그러나 한수는 자신과 인연이 닿아 있는 사람들만 작업을 했고 그러지 않은 사람들과는 접점을 최대한 줄였다.

이미 가뜩이나 뇌는 과부하된 상태였고 더 이상 한수는 자신의 능력을 남용하고 싶지 않았다.

두통은 여전히 계속되고 있었다.

다만 그 통증이 조금 둔화되었을 뿐이었다.

그렇게 앨범 작업이 모두 끝나갈 무렵 한수와 제니퍼 로렌스가 주연으로, 맷 데이먼이 특별 출연한 영화 「아수라(ASura)」가 개봉했다.

영화 아수라(Asura)는 2016년 국내에서도 개봉된 적이 있었다.

범죄, 액션 영화로 몇몇 제작자들은 영화 제목을 바꿀 것을 원했지만 폴 그린그래스 감독은 반드시 이 제목으로 해야 한다고 고집을 부렸다.

영화 제목은 북한군에 침투했던 비밀요원 강한수의 코드네임이었기 때문이다.

북미 영화 개봉과 함께 국내에서도 동시에 개봉이 이루어졌다.

영화 버스커 같은 경우 평론가의 호평과 더불어 700만 명이 넘는 관중이 드나들었기 때문에 영화 아수라 또한 관객들 모두 기대 중이었다.

그리고 개봉 이후 실제로 영화를 본 관객들의 반응은 엄청났다.

평론가들의 평도 남달랐다.

-김윤석(씨네듀오) : 액션 영화의 극치.

-장태수(씨네마앤젤) : 아수라, 그 코드네임이 왜 존재하는지 알려준다.

-공혁민(씨네마우스) : 강한수는 진짜다.


극찬이 이어졌다.

소문은 꼬리에 꼬리를 물었다.

로튼토마토에서도 평점이 속속 달렸는데 신선도는 95퍼센트로 꽤 높게 평가되었으며 영화를 본 대중들의 반응은 폴 그린그래스 감독의 명품 영화라고 극찬을 아끼지 않았다.

상업성과 작품성.

두 가지 모두를 담은 최고의 영화.

2020년 여름 극장 시장을 휩쓰는 돌풍이었다.


한편 한수는 곳곳에서 쏟아지는 영화제 요청을 받았다.

다들 한수가 참여해 주길 원하고 있었다.

그러나 그는 로스앤젤레스에 있는 집에서 머무르는 중이었다.

축구 선수로 복귀할 뻔했지만 한수는 그 길을 포기했고 그 대신 요즘 들어 한수는 학술적인 분야에 힘을 싣고 있었다.

특히 과학 분야에 신경을 많이 기울이고 있는 중이었다.

세상에는 정말 다양한 학문이 있었다.

사람 혼자서는 모두 다 습득하는 게 불가능했다.

그랬기에 한수는 꾸준히 시간을 들여 여러 가지 학문을 습득할 생각이었다.

개중에는 물리학, 생물학뿐만 아니라 뇌과학, 의학 등 정말 다양한 학문들이 있었다.

그렇게 칩거에 들어간 채 학문을 공부하는 데 열중했지만 한수가 어쩔 수 없이 칩거를 그만둬야 하는 일이 생겨 버렸다.

그가 칩거에 들어간 지 5개월 만의 일이었다.

매년 2월 열리는 아카데미 시상식, 소위 오스카상이라고 불리는 미국의 대표적인 영화 시상식에서 한수를 초대했기 때문이다.

무엇보다 이번에는 제니퍼 로렌스도 무조건 참가해야 한다고 말했기 때문에 한수도 별수 없이 로스앤젤레스의 자택에서 칩거를 깬 채 나올 수밖에 없었다.

이미 그는 여러 분야에 노미네이트되어 있었다.

또한, 그의 영화 아수라는 한국에서는 천만 관객 넘게 동원되었고 전 세계적으로도 20억 달러 넘는 흥행 수익을 올리면서 영화 매출 순위 탑3에 랭크되어 있는 상태였다.

이 영화 덕분에 폴 그린그래스 감독은 감독이자 제작자로 제2의 전성기를 누리고 있었고 영화에 출연했던 한 조연 배우는 새롭게 제작되는 영화의 주연 배우로 발탁되는 영예를 누리기도 했다.

한수가 침거해 있는 동안 워낙 주변이 야단법석이었다. 그런데도 불구하고 한수는 침거를 깨지 않았다.

그러나 아카데미 시상식은 달랐다. 무엇보다 그의 연인인 제니퍼 로렌스가 함께 참가해 주길 바라고 있었다.

연인과 함께 레드 카펫을 밟고 싶은 건 누구나 늘 꿈꾸는 일이었다. 그리고 아카데미 시상식 생방송 당일이 되었다.

수많은 여배우가 아름다운 드레스를 입고 자신의 미모를 뽐내는 사이 리무진 한 대가 레드 카펫 앞에 멈춰 섰다.

이번 아카데미 시상식의 진짜 주인공들이 등장하는 순간이었다.

CHAPTER
3

아카데미 시상식은 전 세계 모든 사람이 주목한다.

별들의 잔치라고 불리며 전 세계에 생중계될 뿐만 아니라 할리우드의 돌비 극장은 매년 봄 웬만한 시장 북새통 저리 가라 할 정도로 붐비게 된다.

심사 위원회는 3천 명이 넘어가며 수상 부문은 25개나 된다.

그야말로 명실상부한 최대 규모의 영화제라고 할 수 있다.

아카데미 시상식의 후보작을 선정하는 기준은 로스앤젤레스의 1개 극장 이상에서 상영된 영화여야 한다는 것이다.

그런 만큼 어지간해서는 외국 영화보다 미국 영화가 수상할 가능성이 높다.

또한 11월에 후보작 선정을 하는 까닭에 대부분의 배급사들은 영화를 12월 즈음 개봉시키곤 한다.

아카데미 시상식이 열릴 때마다 4천만 명이 넘는 사람들이 이를 생방송으로 보는데 작년에는 워낙 많은 영화가 후보에 오른 까닭에 수상작 선정에 심사위원들이 어려움을 많이 겪은 것으로 알려져 있었다.

그래도 적지 않은 할리우드 톱스타들이 모인 이곳은 그야말로 별들의 무대가 아닐 수 없었다.

하지만 리무진 한 대가 레드 카펫 앞에 멈춰 서고 그 리무진에서 선남선녀가 내리기 시작했을 때 이곳에 모여 있는 모든 사람의 시선이 집중되었다.

제일 먼저 내린 건 젊은 남자였다. 큰 키에 마른 몸, 깡마른 얼굴 처음에만 해도 사람들은 그를 알아보지 못했다.

그것도 잠시 기자들이 숙덕거리기 시작했다.

"한스 아니야?"

"한스 맞는 거 같은데?"

"그가 칩거를 깨고 나온 건가?"

6월 초 열렸던 챔피언스리그 결승전을 빼면 강한수는 거의 일 년가량을 쉬었다.

그것 때문에 기자들도 강한수 신변에 무슨 문제가 생긴 건 아닌가 조심스럽게 추측하고 있었다.

실제로 그 날 챔피언스리그 결승전이 끝난 뒤 강한수가 다시 공식석상에 모습을 드러낸 건 무려 8개월 만의 일이었다.

그동안 그가 폴 매카트니 경, 에릭 클랩튼, 지미 페이지, 오아시스의 갤러거 형제 그리고 에드 시런 등 내로라하는 뮤지션들과 함께 작업했던 음반들이 줄줄이 시차를 두고 유통이 됐지만 정작 강한수의 모습은 털 한 올도 찾아볼 수 없었기 때문이다.

그것을 생각해 보면 오늘 이곳 할리우드 돌비 극장에 강한수가 나타난 건 정말 뜻밖의 일이었다.

"확실히 건강이 안 좋긴 안 좋나 봐. 핼쑥해졌는데?"

"축구 선수로 뛸 일이 없어져서 운동도 그만둔 걸까?"

"어쨌든 오스카에 그가 나타났다는 것만으로도 충분히 화제가 될 만하지. 아마 오스카에서 그를 초대했을 게 분명해. 영화 아수라가 몇 개 부문에서 후보에 올랐지?"

"일곱 개 부문에 노미네이션된 걸로 알고 있어."

"일곱 개…… 수상할 수 있을까?"

"그래도 한두 개는 가능성이 있지 않을까?"

영화 「아수라(ASura)」가 수상 후보로 선정된 건 모두 일곱 가지 부문이었다.

감독상, 남우주연상, 여우주연상, 촬영상, 시각효과상, 작곡상, 주제가상이 바로 그것이었다.

그것은 그만큼 영화감독인 폴 그린그래스 감독의 능력이 인정받았다는 의미였다.

어쨌든 몇 가지 부문에서 수상할 수 있을지 이것은 일단 지켜봐야만 했다.

역대 최다 부문에 노미네이트되고서도 수상받지 못하는 경우도 여러 차례 있었기 때문이다.

어쨌든 강한수의 등장에 주변이 시끌벅적거릴 무렵 리무진에서 재차 내리는 여배우가 있었다.

늘씬한 체격에 등을 훤히 드러낸 아름다운 붉은색 원피스는 그녀의 새하얀 피부를 더욱더 눈부시게 만들고 있었다.

그녀가 나타나자 주변이 시끌벅적해졌다.

"제니퍼다!"

"그녀가 왔어!"

아카데미 시상식의 여왕이자 여우주연상 수상자 제니퍼 로렌스.

그녀의 등장에 기자들이 모인 곳이 소란스러워졌다.

다들 카메라를 챙긴 채 제니퍼 로렌스를 향해 황급히 다가갔다.

그녀는 아카데미 여우주연상이 유력시되고 있는 여배우였다. 수상 가능성이 높은 만큼 당연히 화제성을 가질 수밖에 없었다.

한수의 손을 붙잡고 리무진에서 내린 뒤 제니퍼 로렌스는 한수와 팔짱을 꼈다.

동시에 두 사람은 나란히 레드 카펫을 걷기 시작했다.

기자들이 터뜨리는 플래시 세례가 두 사람 눈을 어지럽혔다.

한수는 오랜만에 느끼는 플래시 세례에 쓴웃음을 지었다.

한동안 집에서 조용히 지내다가 이렇게 바깥에 나오니까 기분이 묘했다.

그렇게 레드 카펫을 거닐었을 때 리포터 한 명이 다가왔다. 아리따운 여성 리포터였는데 그녀 역시 섹시한 드레스를 입고 있었다.

"이럴 수가! 아직도 여기 남아 있길 잘했네요. 어서 오세요, 제니퍼 그리고 미스터 강."

"고마워요, 소피아."

제니퍼 로렌스가 그녀와 웃으며 볼 키스를 나눴다.

한수도 제니퍼처럼 인사를 건넸다.

그녀는 프랑스 태생의 미국인으로 ABC 방송국의 리포터이기도 했다.

이곳 돌비 극장에서 열리는 아카데미 시상식은 ABC 방송국에서 독점 생중계하고 있는 만큼 간판 리포터 중 한 명인 그녀가 여기 배정되어 있던 것이었다.

그런데 올 만한 스타들은 거의 다 도착한 만큼 그녀도 슬슬 시상식을 보려 했다가 끝물에 도착한 제니퍼 로렌스와 강한수를 만나게 된 것이었다.

그녀 입장에서는 행운이나 다름없었다. 두 사람과 인터뷰할 기회가 생겼기 때문이다.

아직 아카데미 시상식은 시작 전이었다. 한창 무대가 준비되고 있었다. 몇 분 정도 인터뷰할 여유는 충분했다.

그녀가 두 사람을 보며 물었다.

"오늘 아카데미 시상식이 열리는데요. 두 분 모두 수상 가능성이 있다고 생각하시나요?"

두 커플 모두 나란히 주연상 후보에 지명되었다.

각각 남우주연상과 여우주연상으로 만약 상을 탈 수 있다면 이 역시 뜻깊은 일이 될 게 분명했다.

제니퍼 로렌스가 활기찬 목소리로 대답했다.

"전 가능하다고 생각해요. 저뿐만 아니라 한스도 충분히 수상 가능성이 높다고 생각 중이고요."

"여전히 아카데미 시상식에서는 상업적으로 성공한 영화보다는 작품성에 무게를 둔 영화가 수상하는 경우가 많았는데요. 그에 대해서는 어떻게 보시죠?"

"그러나 한스는 전형적인 캐릭터가 아닌 하나의 인격을 연기하는 데 성공했어요. 그것을 생각해 보면 한스가 남우주연상을 받아도 저는 공정성에 전혀 지장이 안 갈 거라고 생각해요."

"늘 제니퍼는 자신의 말에 강한 확신을 가지고 있는 것처럼 보여요. 좋아요. 그런 모습이 우리에게 커다란 힘이 되어주곤 하니까요."

"고마워요, 소피아."

"그럼 한스 씨한테도 하나만 물어볼게요. 챔피언스리그 결승전과 런던에서 음반 작업을 했던 걸 제외하면 거의 일 년 넘게 쉬셨는데요. 혹시 그 이유를 들을 수 있을까요?"

한수가 망설임 없는 목소리로 대답했다.

"학술적인 연구 때문이었습니다."

"학술적인 연구요? 조금 더 자세하게 들을 수 있을까요?"

"그동안 저는 지구상에 존재하고 있는 다양한 학문에 관해 공부하고 있었습니다."

"……그렇군요."

소피아는 떨떠름한 얼굴로 한수를 쳐다봤다.

왠지 모르게 그가 하는 말은 다른 사람이 하는 말과 느낌이 달랐다.

머뭇거리던 그녀가 한수에게 물었다.

"할리우드에서 시나리오 제의가 쏟아진다고 들었는데요. 차기작 출연에 관해 고민 중이신 건 있으신가요?"

한수가 단호한 어조로 대답했다.

"아뇨. 당분간 영화에 출연하는 일은 없을 것입니다."

아카데미 시상식이 열렸다.

극장 안에는 여러 배우와 영화 관계자들이 자리를 가득 메우고 있었다.

우선 애니메이션 OST를 불렀던 가수가 오프닝 무대를 꾸몄다.

그 후 아카데미 시상식의 MC가 후보에 오른 영화와 배우들을 차례차례 언급했다.

첫 수상은 남우조연상이었다. 여러 쟁쟁한 후보가 치열하게 각축을 벌이고 있었다.

커다란 스크린 화면에 후보들의 얼굴이 비쳤고 수상자가 발표됐다.

그 순간 수상자는 떨리는 얼굴로 자리에서 일어났고 그는 무대 위로 향했다.

전년도 여우조연상을 수상했던 배우가 그에게 오스카상을 건넸다.

그는 감격에 겨운 얼굴로 황망한 얼굴을 한 채 수상 소감을 줄줄이 늘어놓았다.

그 뒤 수상 소감이 계속해서 이어졌다.

분장상과 의상상, 장편 다큐멘터리상, 음향편집상과 음향 믹싱상, 그리고 여우조연상 수상자가 발표됐다.

그런 뒤 미술상 수상자까지 발표되고 나서야 1부가 끝이 났다.

이제 2부부터는 본격적인 부문에 관한 수상이 열릴 예정이었다.

작품상, 감독상, 남우주연상, 여우주연상 등 굵직굵직한 후보군들이 줄을 지어 기다리고 있었다.

1부가 끝이 났을 때 한수는 제니퍼 로렌스의 소개에 몇몇 영화 관계자들과 인사를 나눴다.

개중에는 세계적인 거장들이 즐비했다.

그들 모두 한수에게 호감을 보이며 명함을 건넸다.

오랜 시간 쉬었지만 여전히 한수가 갖고 있는 이름값은 무시할 수 있는 게 아니었다.

무엇보다 그가 손대면 모든 일이 잘 풀리는 만큼 그에 대한 사람들의 기댓값이 매우 높은 편이었다.

즉 일반적으로 어떤 영화의 기대수입이 1억 달러라고 가정할 경우 그가 출연한다면 그 기대수입이 두 배 가까이 증가하는 것과 비슷한 효과를 보인다고 할 수 있었다.

그런 탓에 같은 배우들보다는 제작자나 영화감독한테 한수는 도리어 인기가 많았다.

그때 한수는 자신에게 다가온 반가운 얼굴을 보며 미소를 지었다.

"맷, 잘 지냈어요?"

"하하, 「아수라(ASura)」가 흥행한 덕분에 나도 잘 나가고 있지. 신작 영화도 작업 중에 있고."

"좋네요. 언제 한번 기회 되면 보러 갈게요."

"그래. 시사회에 초대할 테니까 꼭 보러 오라고."

한수가 고개를 끄덕였다.

그리고 어수선한 분위기가 정리된 뒤 아카데미 시상식 2부가 계속되었다.


시상식 2부.

2부부터는 중요했다. 영화 아수라가 노미네이트되어 있는 부문이 굵직굵직하게 엮여 있었기 때문이다.

개중 첫 번째 부문이 발표되었다.

시각효과상이었다. 다양하고 쟁쟁한 영화들이 후보군에 올라있었다. 그리고 수상작이 발표되었고 폴 그린그래스 감독이 무대 위로 올라왔다.

수상작은 영화 아수라였다. 촬영상, 음악상과 주제가상이 발표되었고 각본상, 각색상까지 발표가 이어졌다.

영화 아수라는 촬영상에서 또 한 번 수상하는 쾌거를 누렸다.

현재까지는 2관왕이었다. 다만 작곡상과 주제가상에서 수상받진 못했다.

그리고 난 뒤 감독상 후보가 소개되었다.

다섯 영화가 후보에 올랐고 시상자가 수상자를 발표한 순간 영화관 안이 떠들썩해졌다.

감독상을 수상한 건 다름 아닌 영화 아수라의 감독 폴 그린그래스 감독이었다.

그는 놀란 얼굴로 무대 위에 올라왔다. 그리고 떨리는 목소리로 수상 소감을 이어 나갔다.

"고맙습니다. 이 상을 받을 줄은 생각지도 못했습니다. 전적으로 제가 이 상을 받을 수 있었던 것은……"

그렇게 수상 소감을 이야기하던 폴 그린그래스 감독은 끝으로 이 말을 덧붙였다.

"제가 이 상을 받을 수 있었던 것은 제니퍼 로렌스 그리고 한스, 두 사람 덕분이었습니다. 그들의 헌신이 있었기에 우리 영화가 많은 분께 이렇게 사랑을 받을 수 있었다고 생각합니다. 정말 감사합니다."

감독상 수상이 끝난 뒤 이번에는 남우주연상 수상자 발표가 이어졌다.

남우주연상 수상자 후보에 오른 배우들은 그 면면이 너무나도 화려했다.

앤드류 가필드, 레오나르도 디카프리오, 라이언 고슬링, 여기에 벤 애플렉까지.

누가 수상해도 이상하지 않을 만큼 한 명, 한 명이 호화스러운 라인업이었다.

시상자로 나선 건 작년에 여우주연상을 탄 배우 엠마 스톤이 나섰다.

그녀는 2017년에 열렸던 제89회 아카데미 시상식에서 영화 라라랜드(LaLaLand)로 여우주연상을 수상한 바 있었다.

잠시 뒤, 그녀가 붉은빛이 감도는 입술을 열었다.

그리고 그녀가 수상자를 호명하는 순간 모든 카메라가 그 남자를 쫓았다.

동시에 그가 자리에서 일어섰다.

남우주연상을 수상한 배우, 그의 이름은 강한수였다.


한수가 이곳 돌비 극장에 찾아온 건 제니퍼 로렌스의 부탁이 있었던 것도 있지만 그것 말고 그가 남우주연상 후보로 선정되었기 때문이다.

어차피 더는 영화에 출연할 생각은 없었지만 자신 때문에 주변 사람들이 불필요한 피해를 받는 건 피해야만 했다.

그래서 이곳에 오게 됐고 영광스럽게도 남우주연상을 수상하는 쾌거를 얻게 됐다.

한수는 무대에 올라온 뒤 오스카상을 엠마 스톤에게 건네받았다.

엠마 스톤이 한수에게 오스카상을 건네며 작은 목소리로 속삭였다.

"제니퍼하고 언제 결혼할 거예요? 제니퍼가 내심 기대하던 눈치이던데요?"

"고마워요, 엠마."

한수는 미소를 띤 채 그녀에게 오스카상을 건네받았고 무대 위에 섰다.

수백 명이 자신을 바라보고 있었다. 그리고 수백 대가 넘는 카메라가 자신을 쫓고 있었다.

무대 위에서 한수는 수상 소감을 발표했다. 그의 첫인사는 한국어였다.

"반갑습니다. 강한수입니다."

그리고 그는 동시에 영어로 자신이 했던 말을 재차 이었다.

"이 자리에 설 수 있어 영광입니다. 제게 남우주연상이 주어질 줄은 생각지도 못했습니다. 그동안 저는 집에서 쉬며 학술 연구를 해오고 있었습니다. 그랬던 것은 제 자신의 영달을 위해서이기도 하지만 또한 만인을 위한 길이기도 합니다."

그리고 한수는 재차 말을 이어 나갔다.

"또한 이 상을 받을 수 있게 편견이 있음에도 불구하고 저를 주연배우로 캐스팅해 주셨던 폴 그린그래스 감독님 정말 감사합니다."

한수는 폴 그린그래스 감독을 향해 고개를 숙여 보였다.

그 덕분에 자신이 편견을 뚫고 할리우드 영화계에 데뷔할 수 있었던 건 사실이었다.

물론 그의 신작 영화 시나리오 남주인공이 북한에 투입됐던 스파이 역할을 해야 했기 때문에 동양인 배우를 필요로 하긴 했지만, 서로의 이해관계가 잘 맞아떨어진 건 분명한 사실이었다.

그렇게 수상 소감이 끝나갈 무렵 한수가 아카데미 시상식에서 제니퍼 로렌스를 바라보며 말했다.

"또 한 명, 그녀 덕분에 저는 제 첫 할리우드 데뷔작을 성공적으로 마무리 지을 수 있었습니다. 그녀는 지금 제가 가장 사랑하는 사람이며 미래를 함께 걸어가고 싶은 사람이기도 합니다. 고맙습니다. 모두 감사합니다."

한수는 고개를 꾸벅 숙여 보인 뒤 무대 뒤로 빠져나왔다.

지금 이 시상식 무대를 생방송으로 중계 중이던 ABC 방송국 카메라 한 대가 제니퍼 로렌스의 얼굴을 카메라로 잡았다.

그녀는 살짝 놀란 듯 촉촉이 젖은 눈가로 한수의 뒷모습을 가만히 바라보고 있었다.

두 사람이 서로 열애 중이라는 게 알려진 지도 벌써 해를 넘어갔다.

그럼에도 불구하고 그 이상 진전은 없었다.

제니퍼 로렌스는 내심 한수가 무언가 말을 해주길 바라는 눈치였지만 한수는 그동안 집에서 휴식을 취하고 있었다.

그것 때문에 제니퍼 로렌스도 섣부르게 이야기를 꺼낼 수가 없었다.

그런데 한수가 먼저 수많은 사람이 처다보고 있는 바로 이곳에서 제니퍼 로렌스에게 거의 프로포즈를 하다시피 한 것이었다.


한편 남우주연상 수상이 끝나자마자 이번에는 여우주연상 후보가 발표되기 시작했다.

여우주연상을 수상하기로 한 배우는 전년도에 남우주연상을 수상한 배우 덴젤 워싱턴이었다.

여우주연상 역시 남우주연상 못지않게 쟁쟁한 배우들로 포진되어 있었다.

개중에는 나탈리 포트만도 있었고 엠마 왓슨이나 마고 로비도 자리해 있었다.

그러는 사이 덴젤 워싱턴이 여우주연상 수상자를 발표했다.

"여우주연상 수상자는 영화 아수라의 제니퍼 로렌스입니다!"

우레와 같은 박수갈채가 쏟아졌다. ABC 방송국 임원들의
표정이 환해졌다.

방금 전 남우주연상을 수상한 강한수는 연인인 제니퍼 로
렌스를 향해 의미심장한 발언을 해서 이미 인터넷에 화제가
되고 있었다.

그런데 여우주연상 수상자가 바로 그 강한수의 연인인 제니
퍼 로렌스인 것이다.

누가 봐도 화젯거리가 될 수밖에 없는 상황이었다.

이때 만약 제니퍼 로렌스가 한수의 말을 수용하기라도 한
다면?

그렇게 되면 시청률은 폭발할 게 분명했다.

가뜩이나 매년 아카데미 시상식은 시청자 수가 꾸준히 감소
하며 그 명성이 빛을 바래 가고 있었다.

이럴 때일수록 화제성 높은 이슈가 필요한 게 사실이었다.

여우주연상을 수상하게 된 배우 제니퍼 로렌스가 무대에
올라왔다.

그녀는 떨리는 가슴을 진정시키며 무대에 오른 뒤 자신이
앉아 있던 자리를 바라봤다.

오스카상을 수상한 한수가 그녀 옆자리에 앉아 있었다.

머쓱한 듯 얼굴을 붉힌 채 그는 자신을 바라보고 있었다.

제니퍼 로렌스는 몇 차례 심호흡을 한 뒤 입을 열었다.

"감사합니다. 이곳에 정말 오랜만에 서는 거 같네요. 2013년에 저는 실버라이닝 플레이북으로 이 자리에 섰고 오스카상을 수상할 수 있었어요. 그때의 기억은 여전히 생생하기만 하네요. 그리고 이번에 또 한 번 영화 아수라로 수상할 수 있게 되어 영광입니다. 처음에는 반대가 많았지만 저는 이 영화의 시나리오가 무척 마음에 들었고 또 감독님이 훌륭한 분인 걸 알고 있었고 무엇보다 함께 연기하게 된 배우들이 정말 좋은 배우들이라는 걸 알고 있었어요. 그래서 이 영화에 출연하기로 마음먹었고 좋은 성적을 낼 수 있어 좋았다고 생각했습니다."

그녀는 숨을 한번 돌린 뒤 재차 말을 이었다.

"그런데 아카데미 시상식에서 여우주연상을 받게 될 줄은 정말 생각지도 못했어요. 그래서 더욱더 놀랍네요."

그 이후로도 그녀는 주변 사람들에 대한 이야기를 조금 더 늘어놓았다.

그리고 수상 소감이 거의 끝나가기 시작했다.

ABC 관계자들은 그녀가 강한수의 말에 어떻게 대답할지 눈에 불을 켜고 지켜보고 있었다.

점점 더 시청자 수가 늘어났다. 한수의 발언이 SNS를 통해 퍼져 나갔고 호기심을 가진 사람들이 텔레비전 앞에 모여들었기 때문이다.

마침내 제니퍼 로렌스의 수상 소감이 모두 끝났다.

대부분의 사람들이 아쉬운 반응을 보였다. 결국 한수가 했던 말에 대한 답변은 전무했다.

그때였다. 그녀가 돌아가려다가 말고 다시 자리에 멈춰 섰다. 그리고 마이크를 잡으며 입을 열었다.

"아, 제가 한 가지 빼먹은 게 있어서요. 그 사람이 너무 오랜 시간 저를 기다리게 하고 애를 태우다 보니 깜빡 까먹었네요. 일 년, 아니, 이 년 넘게 기다렸거든요."

그녀는 심호흡을 한 다음 재차 말을 이었다.

"그래도 그 덕분에 많은 걸 느낄 수 있었어요. 그리고 저는 제가 진짜 사랑받고 있다는 걸 매번 느끼고 있죠. 그래서 제 대답은……."

그녀가 환하게 웃으며 말했다. 그녀는 누구보다 더 빛나는 얼굴로 미소를 짓고 있었다.

"저 역시 그와 함께 미래를 걸어가고 싶어요."

그 말을 끝으로 제니퍼 로렌스도 시상식을 떠났다.

아카데미 시상식을 진행하던 MC가 그 말에 벌건 얼굴로 말했다.

"하하, 오늘 시상식은 그야말로 축제가 아닐 수 없군요. 세계적인 톱스타 커플이 이곳에서 프로포즈를 서로에게 할 줄이야. 생각조차 못 한 일입니다. 저도 함께 기뻐하고 싶지만 제가 해야 할 일을 마무리해야겠죠? 이제 마지막입니다. 모든 분이 기다리던 작품상입니다."

작품상 후보에 오른 건 무려 여덟 작품이나 됐다.

무엇 하나 수상해도 부족함이 없는 그런 작품들이었다. 그렇게 수상을 앞두고 작품상을 수상할 배우들이 무대에 올라왔다.

두근두근-

다들 떨리는 마음으로 마지막 작품상 무대를 지켜보기 시작했다.

그리고 큐카드를 들고 있던 배우가 큰 목소리로 입을 열었다.

"작품상에는 영화 아수라!"

아카데미 시상식 최고의 상이라고 할 수 있는 작품상을 영화 아수라가 거머쥐었다.

그리고 무대에 폴 그린그래스 감독이 재차 올라갔다.

제93회 아카데미 시상식. 영화 아수라가 편견을 뚫고 시각효과상, 촬영상, 감독상, 여우주연상, 남우주연상 그리고 작품상까지 무려 6관왕을 달성하는 데 성공한 것이었다.

영화 아수라에 출연했던 배우들에게는 그야말로 최고의 밤이었다.

아카데미 시상식이 끝난 뒤 한수는 제니퍼 로렌스와 함께 베벌리힐스에 있는 자택으로 돌아왔다.

두 사람 손에는 황금으로 번쩍거리는 오스카상이 들려 있었다.

두 사람이 저택에 있는 산책로를 걷는 사이 사이먼과 다니엘은 뒤에서 두 사람을 따르고 있었다.

제니퍼 로렌스가 한수를 보며 말했다.

"그런 말을 할 거였으면 진즉에 했어야지. 깜짝 놀랐잖아."

"생각 중이긴 했어. 우리가 사귄 지도 꽤 오래됐잖아."

"고마워."

"엠마가 적절하게 조언도 건넸거든. 하하."

"엠마? 누구? 아."

제니퍼 로렌스가 눈을 동그랗게 떴다.

"그리고 이거."

한수는 무릎을 꿇으며 품에서 반지함을 꺼냈다.

그런 다음 뚜껑을 열며 그녀에게 내밀었다.

그 안에는 큼지막한 다이아몬드가 박힌 반지가 영롱하게 빛나고 있었다.

"……언제 이렇게 다 준비한 거야?"

"틈틈이. 사이먼과 다니엘이 수고해 줬어. 하하."

"예쁘다."

그녀는 한수가 내민 반지를 꺼내 손가락에 끼웠다. 정확하게 넷째 손가락에 딱 맞는 반지였다.

"나하고 결혼할 거지?"

"응."


며칠 뒤, 두 사람이 결혼하기로 했다는 게 할리우드 가십을 통해 알려졌다.

얼마 지나지 않아 두 사람의 소속사에서도 두 사람이 결혼하기로 했다고 오피셜을 띄웠다.

결혼식은 3개월 뒤 베벌리힐스에서 할 예정이었다.

신혼여행은 두 사람이 함께 갔다 온 적 있는 파리로 정해졌다.

미리 모든 스케줄을 확정 지은 건 제니퍼 로렌스의 일정 때문이었다.

그녀는 왕성한 작품 활동을 보여주고 있었기 때문에 최대한 그녀 일정에 맞춰야 했다.

그래도 5월의 신부인 데다가 그 어떤 것보다 화려한 결혼식을 만들 생각이었다.

한편 결혼식을 앞둔 새신랑 한수는 채널 마스터의 능력을 보다 본질적으로 확인하기 시작했다.

종합편성채널을 얻었지만 크게 부각되는 점은 없었다.

그리고 그는 넌지시 지상파도 비슷하지 않을까 하는 생각을 하고 있었다.

어차피 두 가지는 비슷한 채널이었다. 그동안 한수가 얻은 채널들이 초등학교나 중학교, 고등학교 과정이라면 종합편성 채널이나 지상파는 대학교 과정이라고 봐도 무방했다.

그동안 배운 것들을 복합적으로 응용시켜서 발전시키는 것이라고 봐야 했다.

그래서 한수는 그 대신 기초과학을 비롯한 다양한 학문을 연구하며 세계적으로 권위 있는 학자들과 교류하고 있었다.

그것을 통해 그는 채널 마스터의 능력을 다른 각도로 접근하려 생각 중이었다.

설령 지상파를 확보하고 채널 마스터가 된다고 해도 채널 마스터에게 한수가 의구심을 갖고 있는 본질적인 질문, 어떻게 해서 이런 능력을 부여할 수 있으며 누가 보낸 것인지, 그 질문에 대한 해답은 구할 수 없다고 생각됐기 때문이다.

그렇게 한수가 자신이 찾고자 하는 질문에 대한 해답을 찾아가려 할 무렵 성큼성큼 시간이 지나갔다.

그러는 사이 어느새 봄이 지나가고 여름이 찾아왔다.

여름이 다가오면 다가올수록 할리우드가 떠들썩해졌다.

곧 얼마 안 있으면 브래드 피트와 안젤리나 졸리, 윌리엄 왕자와 케이트 미들턴의 결혼식과 비견할 만큼 어마어마한 세기의 결혼식이 이곳 베벌리힐스에서 열릴 예정이었기 때문이다.

두 사람 모두 세계에서 영향력 있는 50인 안에 드는 최고의 셀레브리티로 둘 다 할리우드 톱스타였다.

개중에서 남자는 세계 최고의 축구 선수이자 아카데미 시상식에서 남우주연상을 수상한 바 있고 전 세계적으로 유명한 뮤지션들과 음반 작업을 함께 한 적 있었다.

여자는 아카데미 시상식에서 여우주연상을 두 번이나 수상했으며 그 이후로도 계속해서 작품 활동을 왕성하게 해나가고 있는 이십 대 때도 최고의 여배우로 손꼽혔고 삼십 대에 이른 지금은 독보적인 위치에 오른 최고의 여배우였다.

그렇게 세기의 결혼식이 속속 다가올 때마다 할리우드는 물론 전 세계가 뜨겁게 달아오르고 있었다.

그리고, 결혼식 당일이 되었다.


세기의 결혼식이 열리게 되었다. 베벌리힐스는 세계 각지에서 찾아온 언론인들로 인해 정신없을 만큼 바빴다.

그 와중에 결혼식이 열리기로 한 한수의 대저택은 이미 수많은 하객으로 인해 인산인해를 이룰 지경이었다.

원래 한수는 몇몇 하객만 초대해서 작게 결혼식을 치를 생각이었다.

그러나 제니퍼 로렌스는 이왕이면 더 많은 사람에게 축하를 받고 싶다고 말했고 두 사람은 비공개 결혼이 아닌 공개 결혼으로 결정을 지었다.

그러면서 많은 곳에서 협찬 제의를 해왔고 또 언론사에서도 취재 요청을 해왔다.

그리고 오늘 결혼식 당일 초대받은 손님은 수를 헤아릴 수 없을 만큼 많았다.

하지만 초대받았다고 모두가 귀빈인 건 아니었다.

신랑대기실과 신부대기실에 초대된 건 극히 소수였다.

가족, 정말 친한 친구 그 정도가 전부였다.

한수는 신랑대기실에서 오랜만에 만난 사람들과 인사를 나누고 있었다.

개중에는 크게 PC방 사업을 확장시켜서 떼돈을 벌고 있는 성욱 형도 있었고 한국 대학교 선배였던 이서윤도 있었다.

병색이 만연했던 그녀는 병마를 털고 일어났고 몸이 꽤 많이 호전되어 있었다.

한수가 결혼한다는 말에 애석해했지만 이내 그녀는 한수에게 축하 인사를 건넸다.

반면에 성욱은 한수가 이렇게 성공할 줄은 몰랐기에 여전히 어안이 벙벙한 얼굴이었다.

그밖에도 한수하고는 인연이 깊은 황 피디나 윤환, 이승준도 오늘 이 자리에 초대를 받은 손님들이었다.

이승준은 천둥벌거숭이처럼 저택에 초대된 손님들 면면을

둘러보다가 유명 배우가 있으면 깜짝 놀라곤 했다.

여기에 모인 사람들 한 명 한 명이 배우였고 영화 관계자였고 음반 관계자였으며 또 하나하나 명성이 두터운 사람들이었다.

그때였다. 한수에게 걸어오고 있는 사람이 있었다.

그때 사람 구경 중이던 이승준이 그와 부딪쳤다.

"아, 죄송……."

"뭐야? 왜 내 얼굴을 그렇게 뚫어지게 보는 건데?"

"……노, 노."

"이 얼빵한 녀석은 도대체 뭐야?"

독설을 아끼지 않으며 한수에게 걸어온 사람은 노엘 갤러거였다.

정장을 입고 있는 한수를 보며 노엘 갤러거가 퉁명스럽게 말했다.

"축하한다. 스스로 지옥으로 걸어가는구나."

"예? 뭐라고요?"

"시끄러워. 못 들었으면 됐어."

"나중에 형수님한테 전해드릴까요?"

"죽을래? 너 지금 너 죽고 나 죽는 거 보고 싶은 거 맞지?"

"그럴 리가요, 하하."

"됐고. 리암도 축하한다고 전해달래. 그 자식은 휴대폰이 없어, 발이 없어. 지가 직접 오면 될 것을. 아니면 전화라도 하든가."

"리암이 그랬어요?"

"어."

"고맙네요."

"폴 매카트니 경하고 에릭은?"

"두 분은 연로하셔서 오지 못했어요. 다음에 런던에 가게 될 일이 생기면 그때 들리려고요. 그때 저하고 작업했던 앨범이 마지막 앨범이셨더라고요."

"그래. 그럴 수 있지. 어쨌든 신혼 잘 즐겨라. 결혼 축하한다."

노엘이 대기실을 떠난 뒤 성욱을 비롯한 평범한 한수 친구들이 숨을 길게 내쉬었다.

다른 사람들도 유명 인사이긴 하지만 노엘 갤러거는 그들과 격이 달랐다.

그는 세계적인 밴드 오아시스의 멤버였었다. 그리고 지금도 여전히 그의 유명세는 어마어마했다.

실제로 노엘 갤러거를 보게 되자 그들은 한수가 정말 세계적인 스타라는 걸 다시 한번 깨달을 수 있었다.

그러나 그것도 잠시 대기실에 들어오고 있는 중동인을 보며 그들은 눈을 동그랗게 떴다.

대기실을 찾아온 건 만수르 왕자였다.

한수가 맨체스터 시티에 입단하는 걸 거부한 뒤 한동안 한수는 만수르 왕자와 이렇다 할 대화를 나누지 못했다.

만수르 왕자로서는 한수를 데려오지 못한 게 그만큼 애석한 일이었기 때문이다.

그러나 한수 없이 맨체스터 시티는 이번 시즌 순항 중이었다. 유로파리그에서는 우승을 차지했으며 리그 우승을 차지하진 못했지만, 준우승을 거머쥘 수 있었다.

만수르 왕자가 흐뭇한 얼굴로 한수를 바라보며 말했다.

"축하하네."

"감사합니다, 왕자님."

"만약 결혼하고 애를 낳게 됐는데 양육비가 부족하게 되면 언제든지 연락하게. 자네를 위해 자리를 늘 마련해 두겠네."

여전히 욕심을 떨치지 못한 만수르 왕자다.

만수르 왕자만이 아니다.

다른 구단의 구단주들도 여전히 한수를 갈망하고 있었다.

그만큼 한수의 축구 실력이 엄청나게 센세이셔널했다는 걸 증명하는 것이기도 했다.

"다음에 따로 만나세."

그가 떠난 뒤 한수 주변에 있던 친구들은 더는 버틸 수 없을 만큼 정말 놀라고 있었다.

한수를 찾아오는 사람의 면면마다 너무 대단하다 보니 이제는 끗발 떨어지는 사람이 찾아올 경우 덤덤해질 정도에 이르렀다.

실제로 세계적인 싱어송라이터 에드 시런이 찾아왔지만 상대적으로 인지도가 덜한 까닭에 그를 못 알아보는 경우도 종종 있었다.

어쨌든 그렇게 하객들이 찾아오고 난 뒤 드디어 결혼식이 시작됐다.

세기의 결혼식이었다. 그 후 결혼식은 성대하게 치러졌다.

신부가 입은 새하얀 드레스는 그 어느 때보다 더욱더 아름답게 빛나고 있었다.

성대한 결혼식답게 하객들도 적지 않게 많았다.

그렇게 결혼식이 끝난 뒤 한수는 제니퍼 로렌스와 함께 공항으로 향했다. 그리고 그들은 공항에서 곧장 비행기를 잡아탔다.

파리에서 둘만의 신혼여행을 보내기 위해서였다.

파리에서 두 사람은 5박 7일 동안 신혼여행을 즐겼다.

그런 뒤 두 사람은 다시 로스앤젤레스로 돌아왔다. 그리고 제니퍼 로렌스는 다시 영화 촬영에 매달렸다.

반면에 한수는 방 안에 틀어박혀 채널 마스터의 능력을 연구하는 한편 기초 학문을 익히기 시작했다.

그렇게 시간에 시간을 들여 한수는 학문을 익힐 뿐 아니라 여러 학술 사이트에 다양한 익명의 이름으로 연구 주제를 서로 논의하곤 했다.

그러면서 한수는 또 학자들과 연구 결과를 다시 공유하며 계속해서 학문적으로 발전해 가고 있었다.

그렇게 두어 달이 지났을 무렵 한수는 자신을 직접 만나서 더 심도 있는 대화를 하고 싶다는 학자들의 의견을 전해 들을 수 있었다.

그전까지만 해도 한수는 인터넷으로 IRC를 통해 학자들과 의견을 교류하고 있었다.

자신의 정체를 실제로 드러낸 적은 단 한 번도 없었다.

괜히 또 사람들의 입방아에 오르락내리락하고 싶은 생각은 없었기 때문이다.

그러나 학자들의 요구는 점점 더 거세지고 있었다.

특히 개중에서 몇몇은 국가기관에서도 일하고 있는 만큼 보다 더 긴밀한 정보 공유를 위해서는 한수의 신원을 알아야 한다고 밝혔다.

그런 탓에 한수도 이쯤에는 자신의 정체를 밝혀야 할지 말아야 할지 그 점을 놓고 고민 중에 있었다.

더 많은 정보를 공유하기 위해서는 아무래도 자신의 정체를 밝혀야 할 것으로 생각이 되었기 때문이다.

그렇지만 그럴 경우 자신의 정체가 많은 사람에게 알려질 게 분명하고 기자들이 또 미쳐 날뛸 게 뻔했다.

한수 입장에서는 여간 불편한 게 아니었다. 그런 만큼 한수는 지금 당장은 밝히지 않기로 마음먹었다.

그 대신 한수가 주의를 기울이기 시작한 건 채널 마스터의 능력에 관한 것이었다.

이제 그에게 남은 채널 카테고리는 단 하나, 카테고리1이었다.

지상파 채널만 확보한다면 한수는 진정한 채널 마스터가 되는 게 가능했다.

'설마 국내 채널 다음 외국 채널까지 확보해야 하는 건 아니겠지?'

요즘 한수는 한국보다 로스앤젤레스에서 더 자주 머무르고 있는 만큼 외국 방송사 프로그램을 즐겨볼 때가 많았다.

채널 마스터의 능력을 활용할 때는 휴대폰을 이용해야만 했다.

그런 상황에서 지상파까지 확보할 경우 거기서 끝이 날지 아니면 외국 채널까지 확보해야 할지 그 점이 궁금했다.

그것을 알아보는 방법은 하나뿐이었다.

바로 모든 채널을 전부 다 확보하는 것이었다.

그리고 한수는 지상파 채널을 확보하기 위해 시간을 들이기 시작했다.

그가 또다시 칩거에 들어간 사이 시간이 빠르게 흘러갔다.

그렇게 대략 5개월이 지나고 2021년 한해도 저물어갈 무렵 한수는 뜻밖의 소식을 전해 듣게 되었다.

지상파를 확보하고 채널 마스터가 된 게 아니었다.

그녀에게 뜻밖의 소식을 전해온 건 다름 아닌 제니퍼 로렌스였다.

그녀도 신작 영화 촬영을 마무리 짓고 최근 한수와 함께 집에서 휴식을 보내고 있었다.

두 사람이 매년 버는 돈은 어마어마한 수준이었기 때문에 일을 안 해도 딱히 상관은 없었다.

더군다나 제니퍼 로렌스는 한수가 뭘 하든 크게 개의치 않았다.

그는 이미 영화 쪽이나 음악, 스포츠 어느 분야든 입지전적인 신화를 쌓은 상태였다. 그런 상황인 만큼 한수가 학자가 된다고 해서 제니퍼 로렌스가 실망할 이유는 전혀 없었다.

한수가 원하는 것. 그것을 하는 것이 가장 중요했다.

그렇게 제니퍼 로렌스도 집에서 쉬고 있을 무렵 그녀가 한수에게 가져온 건 다른 게 아니었다.

그것은 임신 테스트기였다.

그리고 그녀가 가져온 것은 선명하게 두 줄이 드러나 있었다.

임신이 거의 확실한 상황이었다. 제니퍼 로렌스를 보며 한수는 일말의 망설임도 없이 입을 열었다.

"고마워."

"우리 아기야."

"제니퍼, 산부인과는 갔다 와 봤어?"

"아직. 요즘 생리가 도통 없어서 혹시 하는 생각에 사와서 해봤는데…… 이렇게 뜨더라고."

"그럼 내일 바로 산부인과 가 보자. 나는 일단 부모님한테 연락할게."

"응."

한수는 제니퍼 로렌스를 끌어안았다. 무언가 느낌부터 남달랐다. 제니퍼 로렌스가 얼굴을 붉게 물들였다.

또 곳곳에서 영화 시나리오가 들어오고 있었지만 당분간은 미뤄둬야 할 것 같았다. 한동안 태교에 집중할 생각이었다.

제니퍼 로렌스가 임신했다는 사실은 얼마 지나지 않아 알려졌다.

한수가 제니퍼 로렌스와 함께 산부인과에 간 점, 그리고 그전까지만 해도 왕성한 활동을 보이던 제니퍼 로렌스가 소속사에 한동안 출연하지 않겠다고 밝힌 것까지 모든 것이 그녀가 임신했다는 것과 맞물리고 있었다.

그렇다 보니 눈치 빠르고 주변에 듣는 귀가 많은 기자들이 앞장서서 제니퍼 로렌스의 임신설을 보도하기 시작했다.

그러나 제니퍼 로렌스는 이렇다 할 반박 의견을 내지 않았고 그녀의 임신은 기정사실화되었다.

한편 한수는 부모님에게도 제니퍼 로렌스가 임신했다는 사실을 알렸다.

두 분 모두 기뻐한 건 당연했다. 한수 역시 많은 기대를 하고 있었다.

이제 열 달이 지나면 자신의 자식이 태어나게 된다.

한수 입장에서는 최고의 행운을 거머쥔 셈이었다.

그뿐만이 아니었다. 한수는 그동안 지속적으로 노력해 온 대가로 드디어 지상파 채널을 확보할 수 있게 되었다.

한수 입장에서는 그야말로 최고의 행운을 거머쥐게 된 셈이었다.

그러나 한수는 지상파 채널 역시 종합편성채널과 크게 다르지 않다는 걸 알 수 있었다.

이 역시 종합편성채널처럼 더 다양한 채널을 복합적으로 조금 더 손쉽게 얻게 해주는 그 정도 역할에 지나지 않았다.

이제 남은 건 채널 마스터였다. 채널 마스터가 되느냐 되지 못하느냐.

'설마 모든 채널을 확보해야 채널 마스터가 될 수 있는 건 아니겠지?'

그 순간 알림이 떴다. 오랜만에 듣는 알림이었다.

한수가 눈을 감았다.

[축하합니다. 귀하는 그동안 꾸준히 노력한 결과 채널 마스터가 되었습니다.]

한수가 눈매를 좁혔다.

'이게 끝인가?'

그러나 그 이상 알림은 없었다. 한수가 인상을 구기며 소리쳤다.

"내 질문은! 채널 마스터가 되면 알 수 있는 거 아니었나?"

[그렇지 않습니다. 그러려면 모든 능력을 포기하셔야 합니다.]

한수가 이를 악물었다.

궁금하다. 누가 이 능력을 만들었는지 어쩌다가 자신에게 주어진 것인지 그 모든 게 궁금했다.

그러나 지금 자신이 가지고 있는 이 수많은 능력.

이 능력들을 포기할 수는 없었다.

더군다나 몇 달 안 있으면 자신의 자식이 태어나려 할 텐데 지금 한수는 도저히 이 능력들을 포기할 수가 없었다.

# CHAPTER
4

　한수는 능력을 포기하는 대신 다른 방법을 찾기로 마음먹었다.

　무한대에 가까운 자신의 지식을 이용해서 채널 마스터에 버금가는 테크놀로지를 개발해 보기로 마음먹었다.

　그러기 위해서는 우선 인공지능을 연구해야 했다. 그러나 여기서 한 가지 난관이 발생했다.

　세계에서 가장 뛰어난 인공지능을 갖추고 있는 곳은 구글이다.

　문제는 한수와의 트러블 때문에 구글은 그 이후 인공지능을 셧다운시킨 뒤 더 이상 연구하지 않고 있다.

　구글뿐만 아니다. 대부분의 업체들이 양지에서 인공지능 연구를 모두 멈춘 상태다. 그것은 구글의 알파고가 오류를 일으키며 발생한 국제적인 문제 때문에 발생한 일이었다.

당시 영국 정보부와 미국 정보부 간 발생한 문제로 인해 여전히 양국 관계는 좀처럼 회복될 기미를 보이지 않고 있었다.

그 당시 문제에 직접적으로 연루됐던 레이 커즈와일과 윌리엄 크루버 그리고 에바 로렌 세 사람 모두 1급 살인죄에 준하는 혐의로 기소된 채 교도소에 수감되어 있었다.

한수는 틈틈이 그들에 대한 소식을 접했는데 레이 커즈와일과 윌리엄 크루버, 두 사람은 몇십 년 넘게 교도소에 갇혀 있어야 했고 에바 로렌은 국가 반란죄에 걸려 무기징역형으로 수감되었기 때문에 출소될 가능성이 아예 없다고 봐야 했다.

게다가 이 일의 주모자로 꼽히던 CIA 국장 같은 경우는 1년 전 교도소에서 스스로 목을 매서 자살하기까지 했다.

어쨌든 그와 별개로 지금 중요한 건 알파고를 뛰어넘는 인공지능을 개발해야 한다는 것이었다.

그러기 위해서는 세계 유수의 학자들과 협업을 진행해야 했다.

혼자만의 힘으로는 불가능했다. 많은 사람의 도움을 받아야 할 필요가 있었다.

한수는 생각에 잠겼다. 능력은 포기할 수 없다. 누구는 욕심이 많다고 이야기할지도 모른다.

그동안 이루어놓은 게 얼마나 많은데 그것을 굳이 욕심내어야 하냐고 물을 수도 있다.

하지만 한수는 만일의 경우를 대비하고 싶었다.

모든 능력이 사라진 자신은 평범한 일반인과 별반 다를 게 없다.

또, 은퇴했다고 해도 사람들은 여전히 자신에게 기대를 걸고 있다.

축구계에서는 지금도 한수에게 러브콜을 꾸준하게 보내고 있다.

그가 복귀하길 원하고 현역 선수로 뛰는 모습을 보고 싶어 한다.

95년생인 한수는 2021년인 지금 26살이다.

대부분의 선수들이 현역으로 왕성하게 뛰고 있을 때 한수는 선수 생활을 그만뒀다. 복귀할 기회가 없던 건 아니었지만 맨체스터 시티가 챔피언스리그 결승전에서 패배하며 유로파리그로 가게 됐을 때 완전한 은퇴를 선언했다.

그뿐만 아니라 누구보다 한수가 다시 축구계로 돌아오길 원하는 곳이 있었다.

그곳은 대한민국 축구협회였다.

내년에는 스페인 마드리드에서 월드컵이 열린다.

원래 카타르에서 월드컵이 열릴 예정이었지만 불미스러운

일로 카타르가 개최지에서 제외되고 마드리드로 개최지가 변경되었다.

그와 별개로 대한민국 축구 대표 팀은 2014년 브라질 월드컵, 2018년 러시아 월드컵에서 이렇다 할 성과를 거두지 못했다.

국민들은 2022년에는 대한민국 축구 대표 팀이 좋은 성과를 거두길 원하고 있었다.

대한민국 축구협회는 그렇게 하기 위해서는 강한수의 현역 복귀가 그 무엇보다 중요하다고 생각하고 있었다.

단순히 이게 대한민국 축구협회만의 아이디어였다면 한수는 응하지 않았겠지만 대한민국 축구협회뿐만 아니라 국민들의 성원도 함께 있는 만큼 한수 입장에서도 무조건 거절하기가 쉽지 않은 일이었다.

지금 한수는 미국에서 살고 있지만 부모님을 비롯해 한수의 가장 친한 지인들은 한국에 거주하고 있기 때문이다.

한수가 앞으로 어떻게 해야 할지 고민하고 있을 때였다.

똑똑-

노크 소리가 들렸다.

"어, 들어와."

지금 한수 집에서 함께 지내는 사람 중에서 문을 두드릴 만한 사람은 한 명뿐이었다.

"바빠? 뭐 하고 있어?"

그녀는 제니퍼 로렌스였다. 임신 중인 그녀는 한수 집에 함께 머무르고 있었다.

두 사람은 결혼하면서 집을 합치기로 했고 그녀가 원래 살고 있던 집은 부동산에 내놓았다. 그리고 두 사람은 반쯤 백수인 상태로 지내는 중이었다.

한수가 컴퓨터를 가리키며 말했다.

"사르트르 교수님하고 이야기 중이었어."

"아, 그랬구나. 인공지능 때문에 그래?"

"응. 근데 좀 문제가 있네. 예전에 그 알파고 때문에 한때 난리 난 적 있잖아."

"기억나. CIA가 우방국인 영국을 도청하고 있다는 게 알려져서 그 국장이 옷 벗었던 사건 말하는 거지?"

"응. 잘 알고 있네?"

"애쉴리, 아니, 에바 로렌이라는 여자도 얽힌 일이었잖아. 그러니까 기억하고 있지."

괜히 말을 꺼냈다가 본전도 못 찾은 한수가 서둘러 화제를 전환했다.

"하하, 그랬나? 뭐, 그래서 인공지능 연구가 예전에 비해 이렇다 할 게 없는 모양이야. 예전에 비해 인공지능을 굳이 연구해야 할 필요성이 있는지 그 점에 있어서 의문점이 많은 상태고."

"근데 자기는 왜 연구하려는 거야?"

제니퍼 로렌스 질문에 한수가 머뭇거렸다.

채널 마스터와 관련된 이야기는 그 누구에게도 말할 수 없는 자신만의 비밀이었다.

머뭇거리던 한수가 어색한 얼굴로 말했다.

"나는 그때 실제로 알파고를 만나본 적이 있어. 그리고 인공지능은 잘만 활용할 수 있다면 정말 대단한 효용을 보여줄 수 있다는 것도 알게 됐거든. 그래서 연구하고 싶은 거야."

"그래?"

제니퍼 로렌스는 한수가 하는 말에 약간의 위화감이 섞여 있다는 걸 알고 있었다.

그러나 굳이 그것을 입 밖으로 꺼내지는 않았다.

본인이 이야기하고 싶어 하지 않는데 그것을 캐물을 생각은 없었다.

언젠가 스스로 밝혀야 할 때가 온다면 알아서 밝히지 않을까 하는 생각을 할 뿐이었다.

"그럼 수고해. 이따가 저녁은 뭐 먹을 거야?"

"뭐 먹고 싶은 거 없어? 집에서 먹기 싫으면 나가서 먹어도 좋고."

"……세계 최고의 쉐프가 바로 우리 집에 있는데 굳이 나가서 먹어야 할 필요가 있을까?"

한수가 어색하게 웃었다.

두 사람이 바깥 외출을 딱히 하지 않는 건 한수의 요리 실력이 워낙 출중한 까닭도 있었다.

한수의 요리 실력은 웬만한 미슐랭 3스타 레스토랑의 쉐프보다 훨씬 더 뛰어났다.

게다가 그는 한두 국가의 요리밖에 못 하는 대부분의 쉐프들과 달리 세계 각국의 다양한 요리들을 최상급 수준으로 만들어낼 수 있는 실력이 있었다.

그렇다 보니 제니퍼 로렌스는 예전에 그녀가 즐겨 찾던 베벌리힐스의 몇몇 맛집들을 친구들과 함께 놀러 가도 예전 만한 맛을 느끼지 못할 때가 많았다.

한수가 만들어준 요리 때문이었다.

실제로 친구들도 집에 초대되어 한수가 만든 요리를 먹고 난 이후에는 당분간 또 오려 하질 않았다.

계속 한수의 요리가 생각날 것 같다는 게 그들의 공통된 의견이었다.

"그럼 오붓하게 둘이 먹을까?"

"응. 알았어. 아, 맞다. 매콤한 거 먹자."

"매콤한 거? 우리 애가 매콤한 걸 먹고 싶대?"

"잘 모르겠지만…… 음, 그런 거 같아."

"알았어."

한수가 환한 얼굴로 미소를 지으며 대답했다.

원래 한수의 경호원 역할을 하던 사이먼과 다니엘은 몇 달 전 영국으로 귀국했다.

그동안 한수가 워낙 바쁘게 이곳저곳을 왔다 갔다 하는 바람에 경호원으로 고용했지만 그가 집에 계속 머무르기만 한 이후로 경호할 이유가 사라져 버렸기 때문이다.

한수는 늘 집에 머물렀고 제니퍼 로렌스도 임신하면서 좀처럼 바깥출입을 하지 않았다.

그렇다 보니 두 사람 입장에서는 한수와 제니퍼 로렌스를 경호하는 게 정말 재미없고 따분한 일이 되어버릴 수밖에 없었다.

물론 경호하는 대상에게 아무 일도 일어나지 않는 게 더 중요한 일이지만 그것과는 별개로 지루하고 따분하다는 것도 사실이었다.

그것 때문에 두 사람은 영국으로 귀국했고 지금 이 넓은 저택은 단둘이서 사용하고 있었다.

그래도 종종 한수의 지인들이나 혹은 제니퍼 로렌스의 지인들이 집을 찾아올 때가 있었다.

그럴 때면 늘 축제가 열렸고 가끔 2층에 마련된 손님방에서 1~2주가량 머물렀다가 가는 경우도 있었다.

제니퍼 로렌스가 방을 나간 뒤 한수는 방금 전까지 IRC를 통해 대화하고 있던 사르트르 교수한테 답신을 보냈다.

-죄송합니다, 교수님. 아내가 방에 와서 대화하느라 답변이 늦었네요.

-괜찮습니다. 미스터 장. 근데 진짜 미스터 장이 말한 게 틀림없이 사실입니까?

-예, 물론입니다. 교수님. 확신합니다.

-그러나 그것은 실제로 알파고를 본 사람만 확인할 수 있는 정보인데 그것을 어떻게…… 알파고를 총괄하던 윌리엄 크루버 소장은 미국 교도소에 감금되어 있습니다.

-예, 알고 있습니다. 그뿐만 아니라 레이 커즈와일 이사 또한 수감 생활 중이죠.

-그것 때문에 인공지능 연구는 한동안 전혀 발전하지 못하고 있었죠. 그러나 저는 인공지능이 인류를 진정 행복하게 만들어줄 수 있는 강력한 원천이라고 생각하고 있습니다. 미스터 장 또한 그런 생각을 하고 있다고 믿고 있고요.

-감사합니다. 사르트르 교수님.

-그래서 말인데 한 가지 반드시 필요한 게 있습니다. 미스터 장, 당신의 도움이 절대적으로 필요합니다.

사르트르 교수는 프랑스 최초의 그랑제콜이자 세계 대학 순위 중 항상 10위권 내외로 랭크되는 에꼴 폴리테크니크(Ecole Polytechnique, EP, X)의 이과 대학교수였다.

노벨 경제학상, 노벨 물리학상 수상자 등을 배출한 세계적인 명문대학교로 프랑스의 내로라하는 과학자나 연구원들 상당수는 이곳 익스 출신이다.

그런 사르트르 교수가 이렇게 힘주어 강조할 정도면 무엇이 되었든 반드시 필요하다는 의미였다.

한수도 섣부르게 그 말을 무시할 수는 없었다.

사르트르 교수는 인공지능을 연구 중인 학자들의 수장이나 다름없었다.

그로서는 그의 전폭적인 지지를 이끌어낼 필요가 있었다.

-말씀하십시오, 교수님. 듣고 있습니다.

-그것은……

그 날 저녁 한수는 제니퍼 로렌스와 함께 요리를 만들었다.

제니퍼 로렌스는 한수와 늘 함께 요리하는 걸 좋아했다.

처음 만났을 때도 그랬듯이 오늘도 제니퍼 로렌스는 한수 곁에서 함께 요리했지만 평소와는 느낌이 묘하게 달랐다.

저녁 식사를 모두 끝낸 뒤 제니퍼 로렌스가 한수를 바라보며 넌지시 물었다.

"무슨 일 있어?"

"응? 왜?"

"무슨 일이 있는 거 같아 보여."

한수가 그 말에 어색하게 웃었다.

"그렇게 티가 많이 나?"

"응. 그동안 우리가 같이 지낸 시간이 얼만데? 그 정도는 당연히 눈치챌 수 있지."

한수는 커피포트에서 커피를 내리며 말했다.

"사르트르 교수님이 나를 보고 싶어 해."

"사르트르 교수님이? 어쩐 일로?"

"내가 인공지능 개발에 도움을 준다면 그보다 더 좋은 일은 없을 테지만 내 신원이 확실해야 도움을 줄 수 있다고 하더라고."

"그래서? 파리로 가야 돼?"

"아니. 허락해 준다면 사르트르 교수님이 직접 로스앤젤레스로 온다고 하더라고."

"음, 자기 생각은 어떤데?"

"사르트르 교수님 도움이 전적으로 필요하긴 한데…… 그럼 또 시끌벅적해질 게 분명하거든."

한수는 다양한 학술 사이트에서 다양한 익명으로 활동 중에 있었다.

그러나 모든 곳의 익명이 다 다른 건 아니었고 일부는 그 익명이 서로 겹치는 곳도 있었다.

그렇다 보니 한수가 자신의 실체를 밝힐 경우 다른 곳에서 활동 중인 자신의 익명 장(Jean) 역시 밝혀질 게 분명했다.

그럴 경우 눈과 귀가 빠른 기자들이 냄새를 맡고 몰려들 게 뻔했다.

그러면 조용하던 자신의 일상이 또 한 번 시끌벅적해질 건 분명해질 터였다.

한수 본인에게만 영향을 미친다면 크게 개의치 않을 것이다. 어차피 한수는 당분간 집 밖으로 나갈 생각이 전혀 없기 때문이다.

그러나 제니퍼 로렌스한테는 그 여파가 미칠 게 분명했다.

그래서 즉답을 주지 못하고 망설이고 있었다.

제니퍼 로렌스가 한수를 보며 말했다.

"괜찮아. 우리한테는 늘 대중의 시선이 따라붙게 되잖아. 충분히 감수할 수 있어. 첫 아카데미 여우주연상을 탄 이후부터 난 혼자인 적이 없었거든?"

"고마워."

그리고 며칠 뒤 한수는 로스앤젤레스 공항에 도착했다는 사르트르 교수의 연락을 받을 수 있었다.

다양한 익명으로 활동 중이던 강한수의 정체가 공개되기 일보 직전인 상황이었다.


사르트르 교수가 로스앤젤레스 국제공항에 도착한 건 5월 무렵 여름이 접어들기 전이었고 날씨는 무척 포근하기만 했다.

사르트르 교수는 공항에 도착한 뒤 미스터 장(Jean)에 대해 생각했다.

미스터 장, 그는 정말 신비로운 인물이었다.

일단 그는 프랑스인이었다. 프랑스인이 아닐 수도 있지만 사르트르 교수가 그를 프랑스인이라고 확신하는 이유는 그의 말투나 억양, 뉘앙스 그 모든 것이 원어민이 아니고서야 쓸 수 없는 그런 수준이었기 때문이다.

게다가 그는 웬만한 학자 저리 가라 할 정도로 그 지식수준이 월등했다.

그래서 사르트르 교수는 그가 미국 유명 대학교에서 명예교수로 일하고 있을 것이라고 짐작하고 있었다.

그랬기에 자신의 인맥을 동원해서 미스터 장의 정체를 확인해 보려 했지만, 미국의 유명 이과 대학교에서 근무 중인 교수 가운데 프랑스인을 모조리 뒤졌지만 미스터 장으로 추정되는 인물은 단 한 명도 없었다.

그렇다 보니 오늘 만나게 될 미스터 장이 누구일지 사르트르 교수 입장에서는 미지 속의 존재를 조우하는 듯한 느낌이었다.

그래도 기대 반 흥분 반, 설레는 감정을 억누르지 못한 채 그는 공항 입국장에 기대선 채 미스터 장이 오기만을 기다렸다.

그때였다. 공항이 시끌벅적해졌다. 사람들이 소란스러워하는 게 느껴졌다.

'누구지? 연예인인가?'

사르트르 교수는 눈살을 찌푸렸다.

사람들이 떠들어대는 이 목소리가 고막을 뚫고 파고드는 것만 같았다.

따가운 소음에 사르트르 교수가 자리를 피하려 할 때였다.

고막을 따갑게 하는 그 소리가 점점 자신을 향해 가까워지고 있었다.

'으.으.'

사르트르 교수가 캐리어를 끌고 자리를 벗어나려 할 때 그를 부르는 목소리가 있었다.

"사르트르 교수님."

영혼을 사로잡을 수 있을 만큼 영롱한 미성이었다.

사르트르 교수는 순간 그 목소리를 듣자마자 자신도 모르게 뒤를 돌아봤다.

그곳에는 키가 크고 깡마른 남자가 서 있었다.

얼굴이 낯이 많이 익었다.

유명인인 듯했다.

"······누구시죠?"

"처음 뵙겠습니다. 한스 강입니다."

"한······ 스? 설마 그 한스 강?"

사르트르 교수가 눈을 휘둥그레 떴다. 그는 강한수에 대해 알고 있다. 물론 사람들이 알고 있는 것과 그가 알고 있는 것 사이에는 차이가 있다.

사람들은 강한수를 아카데미 남우주연상에 빛나는 영화배우 혹은 세계적인 밴드의 보컬리스트, 한국 방송계에서 전설적으로 회자되는 마이더스의 손, 제니퍼 로렌스의 남편 등으로 알고 있다.

그러나 사르트르 교수가 강한수에 대해 알고 있는 건 그가 알파고 사건과 연루되어 있다는 것 정도다.

하지만, 어떻게 된 일인지 모르겠지만 강한수는 그 사건에 연루되어 있는데도 불구하고 아무런 의혹이 없어서 조사조차 받지 않았다.

반면에 그와 연인 사이였던 에바 로렌은 국가반역죄로 교도소에서 수감 생활 중이다.

또한 그것 때문에 구글은 중징계를 받았고 알파고를 담당하고 있던 레이 커즈와일 이사는 횡령 및 탈세로, 윌리엄 크루버도 같은 혐의로 교도소에 수감 중이다.

그것 때문일까? 사르트르 교수의 표정이 싸늘하게 굳어졌다.

누가 봐도 강한수와 얽힌 어떠한 모종의 이유로 인공지능의 개발이 뒤처져 버렸기 때문이다.

그러나 강한수가 자신을 알고 있다는 건 조금 의외였다.

사르트르 교수가 탐탁지 않은 목소리로 물었다.

"나를 아시오?"

"물론입니다. 에꼴 폴리테크니크에서 공학 전임 교수로 계신 사르트르 교수님 아니십니까?"

사르트르 교수가 당황한 얼굴로 물었다.

"……나를 어떻게 아는지는 모르겠지만 나는 당신과 이야기를 나눌 이유가 없구려. 기다리고 있는 사람이 있으니 먼저 가 보겠소."

그때였다.

사람들 사이에 둘러싸여 있던 한수가 사르트르 교수를 쳐다보며 물었다.

"그 기다리는 사람이 미스터 장입니까?"

"다, 당신이 그걸 어떻게……."

사르트르 교수는 적잖게 놀라고 있었다.

한수가 웃으며 말했다.

"제가 미스터 장입니다."

"마, 말도 안 돼!"

그의 얼굴이 일그러졌다. 믿을 수 없는 일이었다.

공항 주차장에 세워뒀던 람보르기니 우루스를 타고 한수는 사르트르 교수와 함께 베벌리힐스에 있는 집으로 향했다.

람보르기니 우루스는 2017년 발매된 람보르기니 사의 SUV 모델이었다.

한수는 손님이 올 때면 늘 SUV를 이용하곤 했다. 스포츠카로는 한계가 있었기 때문이다.

그렇게 베벌리힐스까지 오는 동안 사르트르 교수는 정신적인 충격이 상당한 듯 이렇다 할 말을 하지 않고 있었다.

그렇게 베벌리힐스에 들어섰을 때 말없이 조용히 있던 사르트르 교수가 드디어 말문을 열었다.

그가 한수를 바라보며 물었다.

"정말 당신이 미스터 장……. 아니, 이제 와서 당신을 의심한다는 게 말이 안 되는 상황이지. 누구한테도 알리지 않고 로스앤젤레스로 온 내게 스스로 미스터 장이라고 소개할 사람은 진짜 미스터 장, 한 명뿐일 테니까."

"저를 신뢰할 수 없다는 거 알고 있습니다. 저 때문에 인공지능산업에 지장이 생긴 건 사실이니까요."

사르트르 교수가 한숨을 내쉬었다.

전도유망하던 인공지능산업은 한순간에 무너져 내렸다.

여전히 많은 사람이 인공지능의 불완전성에 대해 이야기하고 있다.

인공지능이 가져다주는 이득이 가져올 폐해보다 적다고 주장하는 사람이 훨씬 더 많다.

이 불신을 종식시키기 전까지 인공지능산업은 당분간 침체기일 수밖에 없다.

사르트르 교수가 강한수를 쳐다보며 물었다.

"정말 당신이 알파고에 개입해서 그 내용을 조작한 게 사실입니까?"

"……누구를 만나셨습니까?"

"레이 커즈와일 이사를 만났습니다. 미국 정부에서는 허락해 주려 하지 않았지만, 인맥을 다 동원한 끝에 겨우 면회를 허락받을 수 있었죠. 그것도 몇 분 되지 않았습니다만. 그때 레이 커즈와일 이사는 한 가지 의문점이 있다고 했습니다. 당신에 관한 모든 기록이 다 삭제됐다는 거였죠. 그리고 그게 가능하게 하려면 알파고의 기록에 접근해야 할 수 있는데 그것은 윌리엄 크루버 또는 자신만이 가능한 일이라고 하더군요."

그러나 두 사람 모두 교도소에 수감된 채 형을 살고 있다.

그 말은 결국 두 명 중 그 누구도 일을 저지르지 않았다는 이야기가 된다.

그렇다는 건 또 다른 제3의 인물, 한 명만이 이 일의 주범이 된다는 의미다.

사르트르 교수가 한수를 뚫어지게 바라보며 말했다.

"어떻게 해서 알파고를 조작할 수 있었죠?"

그러는 사이 람보르기니 우루스가 베벌리힐스의 대저택에 들어섰다. 한수의 집이었다.

가만히 사르트르 교수를 바라보던 한수가 한숨을 내쉬며 말했다.

"자세한 건 집에 들어가서 이야기하시죠. 집에서 알려드리겠습니다."

"좋습니다."

집에 도착한 뒤 사르트르 교수는 트렁크에 넣어둔 캐리어를 갖고 내렸다.

제니퍼 로렌스가 두 사람을 마중 나왔다.

"사르트르 교수님? 처음 뵙겠어요. 제니퍼 로렌스에요."

"반갑습니다. 미시즈 강. 사르트르입니다."

"여보, 잠시 사르트르 교수님하고 이야기 좀 할게."

"알았어. 뭐 따로 준비해갈까?"

"아냐. 괜찮아. 금방 끝날 거야."

한수는 사르트르 교수의 캐리어를 가지고 2층으로 올라왔다.

그런 뒤 그는 사르트르 교수와 함께 서재로 왔다.

서재는 방음 처리가 되어 있기 때문에 바깥으로 소리가 내어나갈 염려를 하지 않아도 됐다. 그곳에서 한수가 사르트르 교수를 바라보며 물었다.

"자세한 걸 알려드리기 전에 몇 가지 여쭤볼 게 있습니다. 괜찮을까요?"

"물론입니다."

"도청 장치를 하셨습니까?"

"……."

"좋습니다. 지금 나누는 대화는 저와 단둘이 나눴으면 합니다. 그 누구도 모르게 하고 싶습니다. 도와주신다면 저 역시 자세한 이야기를 하겠습니다."

"알겠습니다."

사르트르 교수는 주섬주섬 외투를 벗었다. 그 외투에는 눈에 보이지 않을 만큼 작은 초소형 도청 장치가 달려 있었다.

그뿐만이 아니었다.

그가 입고 온 곳곳에 도청 장치가 심어져 있었다.

결국 사르트르 교수는 한수가 따로 마련해 준 옷으로 아예 옷을 새로 갈아입어야 했다.

그렇게 옷을 전부 다 갈아입고 난 뒤에야 한수가 사르트르 교수를 쳐다보며 말했다.

"죄송합니다. 제게는 정말 중요한 일이어서 이렇게 할 수밖에 없었습니다."

"그런데…… 저를 믿을 수 있습니까?"

"사르트르 교수님이 다른 누군가한테 이 사실을 밝힐 수도 있을 겁니다. 그러나 아마 그랬다가는 미치광이 취급을 받을 게 뻔합니다. 제가 안심할 수 있는 이유입니다."

"······후, 그렇게 말하니까 더 걱정스럽군요. 도대체 무슨 이야기기에."

"뭐, 영화에서나 나올 법한 이야기이니까요."

사르트르 교수가 한숨을 내쉬었다.

왠지 모르게 생각지도 않았던 커다란 사건에 휘말린 느낌이었다.

"어차피 저와 교수님은 공동운명체입니다. 교수님이 인공지능을 연구하고 싶어 하듯 저 역시 그렇습니다."

"······흠, 좋습니다. 오늘 들은 이야기는 어디에도 발설하지 않겠습니다."

"그러지 않으셔도 됩니다. 어차피 그 누구도 믿지 못할 일이니까요."

그리고 한수는 심호흡을 했다. 처음으로 다른 누군가에게 자신의 비밀을 공유하는 순간이다.

떨릴 수밖에 없었다. 애초에 자신이 가진 능력은 노력으로 얻어진 게 아니라 채널 마스터를 통해 얻은 능력이기 때문이다.

"그럼 말씀드리겠습니다. 저는······."

한편 사르트르 교수한테 도청 장치를 부착한 건 NSA였다.

그들은 한수에 대해 의구심을 품고 있었다. CIA와 미국 정부, 영국 정부 등이 연루된 사건을 조사하면 조사할수록 의문점이 한두 가지가 아니었다.

특히 그 중심에는 한스 강, 강한수라는 사람이 있었다. 그리고 NSA는 끈질기게 강한수의 뒤를 쫓았다.

그는 세계적인 유명 인사였다. 타임즈에서 꼽는 세계에서 영향력 있는 인물 50인 안에 늘 들고 있었다.

그것은 그가 현업에서 은퇴한 이후에도 여전했다.

수많은 사람이 그를 필요로 하고 있었다. 그런 그를 증거도 없이 몇몇 사람, 그것도 국가반역죄에 연루되어 있는 사람들의 증언만으로 옭아맨다는 건 있을 수 없는 일이었다.

그러던 어느 날 은밀히 움직이던 NSA는 강한수가 사르트르 교수를 만난다는 걸 그 날 당일 알아냈다. 그리고 그들은 강한수가 공항에 오기 전 최대한 차로를 혼잡하게 만든 다음 사르트르 교수와 먼저 접선하는 데 성공했다.

그 이후 그를 설득해서 도청 장치를 온몸 곳곳에 달아두는 데 성공할 수 있었다.

이제 남은 건 그가 한수를 꼬드겨서 정보를 빼내는 것이었는데 갑작스럽게 사르트르 교수가 돌변해 버린 것이다.

"빌어먹을! 뒤처리는 깔끔하게 했겠지?"

"예, 물론입니다. 우리 움직임은 모두 은밀히 진행했습니다. 걱정하지 않으셔도 됩니다."

"젠장. 그의 비밀을 밝혀낼 절호의 찬스였는데……."

사내가 눈매를 좁혔다.

그가 최근 들어서는 현업으로 전혀 활동하고 있지 않지만 여전히 그가 가진 그 특별한 능력은 누구나 탐내는 그런 것이었다.

아인슈타인이라고 할지라도 강한수처럼 되는 건 불가능하다고 오래전 결론이 내려진 상태였기 때문이다.

역사상 강한수와 비슷한 모습을 보인 건 단 한 명, 레오나르도 다빈치뿐이었다.


한편 사르트르 교수는 강한수가 털어놓은 이야기를 전부 다 듣고는 어안이 벙벙해져 있었다.

"하하, 그게 무슨…… 공상과학소설에도 그런 이야기는 나오지 않을 겁니다."

그리고 예상했던 대로 그는 한수의 말을 전혀 믿으려 하질 않고 있었다.


한수는 사르트르 교수를 보며 말했다.

"지금까지 제가 했던 말은 전부 다 사실입니다. 그렇지 않고서야 어떻게 인간이 그렇게 다양한 분야를 두루두루 잘할 수 있겠습니까?"

사르트르 교수가 눈매를 좁혔다. 그동안 강한수에 대해서는 각종 학계에서 말들이 많았다.

대체적으로 그가 가진 능력은 인간 한 명이 이루기에는 절대 불가능하다는 의견이 대다수였다.

그래서 실제로 그가 죽은 뒤 그의 뇌를 연구해 봐야 한다는 의견이 꽤 많았다.

누구는 그를 납치해서 뇌를 해부해 보고 싶다는 과격한 발언을 해서 문제를 일으켰을 정도였다.

사르트르 교수도 늘 한수에 대해 궁금해했다.

어떻게 해서 강한수가 모든 분야를 두루두루 잘하는 것인지 알고 싶었다.

그리고 오늘 그 비밀에 대해 알게 됐지만 믿을 수 없었다.

채널 마스터라는 게 존재할뿐더러 텔레비전 채널에 나오는 사람들이 보여주는 기술, 재능 등을 흡수할 수 있다고?

믿기지 않는 말이다. 그러나 그동안 강한수가 보여준 걸 생각하면 무작정 안 믿을 수도 없는 일이었다.

그만큼 강한수가 보여준 건 믿어지지 않을 만큼 특별하면서도 놀라웠기 때문이다.

"그래서…… 그 메커니즘은 어떻게 되는 거죠?"

그러나 사르트르 교수는 금세 신색을 회복했다. 그리고 그는 한수에게 「채널 마스터」의 메커니즘이 어떻게 돌아가는지 그것에 대해 묻기 시작했다.

천상 그는 학자였고 또 연구자였다. 현존하는 국내 기술로는 만들어낼 수 없는 오버 테크놀로지에 대한 관심이 지대한 게 분명했다.

한수는 채널 마스터가 어떤 식으로 구동되는지 이야기하기 시작했다.

가만히 이야기를 듣던 사르트르 교수가 혀를 내둘렀다.

"그건 진짜 공상과학영화에서나 등장할 법한 것이군요. 영화 「매트릭스」에서나 볼 법한 것인데요?"

"아마 그럴 겁니다. 저도 처음 이 능력을 얻었을 때 제일 먼저 떠올렸던 게 영화 「매트릭스」였으니까요."

영화 「매트릭스」에서는 실제로 비슷한 방법으로 키아누리브스가 맡았던 네오가 지식을 주입받는다.

뒤통수에 연결된 호스를 통해 컴퓨터의 정보를 다운로드받게 된다.

그리고 다운로드받은 그 정보를 네오는 그 즉시 사용할 수 있게 되며 어느 정도 능숙해지면 그것을 응용하는 것도 가능해진다.

지금 한수가 이야기하고 있는 「채널 마스터」는 영화 「매트릭스」에 나왔던 그 오버 테크놀로지와 흡사한 면이 없지 않아 있었다.

그리고 본격적인 토론이 이어졌다. 그렇게 토론이 이어지면 이어질수록 두 사람은 비슷한 결론에 도달할 수 있었다.

한수가 갖고 있는 그 능력, 그것은 현대 기술로는 따라잡을 수 없을 만큼 엄청나게 앞서 있는 과학 기술이라는 것이었다.

사르트르 교수가 한수를 보며 물었다.

"미스터 강, 이 능력을 다른 사람들에게도 공유할 생각은 없습니까?"

"어차피 말한다고 해도 믿지 않을 겁니다. 어차피 이건 실체가 없는 능력이니까요."

「채널 마스터」는 한수의 눈에만 보일 뿐 다른 사람 눈에는 보이지 않는다.

한수가 아무리 이야기한들 다른 사람들이 보기에는 한수가 거짓말을 늘어놓고 있다고 생각할 수밖에 없는 것이다.

한수가 입을 열었다.

"그냥 인공지능만 연구하는 게 더 나을 겁니다."

"그런데 이 사실을 저한테 밝힌 이유는…… 아, 제가 다른 사람들을 설득하길 바라시는 거군요."

"예, 그렇습니다."

"휴, 알겠습니다. 제가 돕는 수밖에요."

한수가 사르트르 교수한테 위험감수를 하면서까지 자신의 비밀을 밝힌 이유는 그의 전폭적인 지지를 받아내고 싶어서였다.

물론 사르트르 교수의 도움을 받을 수 있다면 덩달아 그와 친분이 두터운 다른 학자와 연구기관의 도움을 받을 수 있게 될 터였다.

그것이 한수가 궁극적으로 노리는 바였다. 다만 이것은 한두 분야의 발전만으로 이루어질 수 있는 일이었다.

다양한 기초 학문이 두루두루 발달해야만 가능했다.

사르트르 교수가 그 점을 지적하고 나섰다.

"그 부분은 어떻게 하실 생각이십니까?"

"걱정하지 않으셔도 됩니다. 저는 미스터 장 말고 다른 익명으로도 여러 곳에서 활약했습니다. 그 인맥을 최대한 발휘해 볼 생각입니다."

"……아무리 생각해 봐도 그 능력은 정말 말이 안 되는 능력 같습니다. 어떻게 해서 그 능력을 얻게 됐는지 궁금합니다."

"저도 모릅니다. 크리스마스날 산타에게 받은 선물이랄까요. 그래서 더욱더 알아내고 싶은 겁니다. 어떻게 제게 이 능력이 주어졌는지 그리고 이 능력을 저뿐만 아니라 다른 사람이 갖는 것도 가능할지 말입니다."

"좋습니다. 전폭적으로 지지하겠습니다."

"감사합니다, 교수님."

그 날 한수가 로스앤젤레스 국제공항에 간 것 그리고 사르트르 교수를 만난 건 기자들에게도 기삿거리가 되기에 충분했다.

꽤 오랜 시간 집에 은둔한 채 칩거해 있던 강한수가 일단 다시 바깥으로 나왔는데 그가 만난 게 영화계 관계자도 아니고 맨체스터 시티의 구단주도 아닌 오십 대 중반의 프랑스인 교수하고 만났다는 건 여러모로 화젯거리가 될 수밖에 없었다.

그들은 두 사람이 어떻게 알게 된 건지 또 왜 만난 건지 그 점을 집중취재 했다. 하지만 이렇다 할 정보를 찾아내진 못했다.

모든 게 미궁에 가려져 있었기 때문이다. 그나마 그들이 추론할 수 있는 건 사르트르 교수가 대학교에 휴학 원서까지 내놓은 채 강한수의 집에 머무르면서 무언가를 연구 중이라는 것뿐이었다.

한수는 그동안 온갖 학술 사이트에서 활동 중이던 자신의 익명을 공개했다. 그리고 그들과 함께 힘을 합쳐 연구를 시작했다.

그리고 그것은 얼마 지나지 않아 사람들에게 조금씩 알려지기 시작했다.

세계적으로 명망 높은 유수의 과학자들이 함께 모여 연구를 진행 중인데 알려지지 않는 게 오히려 더 이상한 일이었다.

문제는 드는 비용은 어마어마하게 많은데 한수 개인 비용으로는 충당하는 게 어렵다는 것이었다.

결국 국가적인 지원이 필요한 상황이었다. 문제는 이 정도 규모의 지원을 해줄 곳이 마땅치 않다는 것이었다.

강대국 혹은 구글이나 마이크로소프트 같은 다국적기업 정도는 되어야 가능한 일이었다.

그러나 몇십 년 후를 내다봐야 하는 첨단미래산업인 데다가 그 몇십 년 후에도 기약을 알 수 없는, 돈만 무진장 잡아먹을 게 분명한 이 사업에 투자할 곳이 있을 리가 없었다.

그렇지만 한수 입장에서 이것은 반드시 이루어야만 하는 일이었다.

「채널 마스터」의 존재를 밝혀내기 위해서는 반드시 필요한 작업이었기 때문이다.

그렇게 한수가 힘든 상황에 놓여 있을 때 그를 찾아온 사람이 있었다.

그는 아랍에미리트 아부다비 토호국의 왕자 만수르였다.

한수는 만수르 왕자를 반갑게 맞이했다.

집 안은 조용했다. 만수르 왕자가 한수에게 물었다.

"미시즈 강은 어디를 갔나 보군."

"예, 친구를 만나러 밖에 나갔습니다. 왕자님께서는 연락도 없이 어쩐 일로 오신 겁니까?"

"이야기는 들었네. 자네가 연구 중인 게 있는데 자금이 부족하다더군."

"아…… 예. 왕자님."

"얼마나 부족한 건가?"

한수가 멋쩍은 얼굴로 말했다.

"글쎄요. 정확하게 잡힌 예산이 없어서 저도 딱히 뭐라 말씀 드리기 어렵지만…… 모르겠습니다. 천문학적인 예산이 소요 되리라는 것만 말씀드릴 수 있겠군요."

"허허, 그렇군. 이거 자네를 어떻게든 데려오고 싶어서 백지 수표를 제시하려 했는데…… 이러다가 왕국 재산을 거덜 낼 수도 있겠어."

"그럴 수도 있습니다."

한수의 진지한 말에 만수르 왕자가 머뭇거렸다.

그가 아무리 대단한 부호라고 하지만 첨단 산업은 그 소요 비용이 무지막지하게 들어간다.

더군다나 한수가 연구하려 하는 건 적어도 몇 세기를 아득하게 넘어선 첨단 기술이다.

만수르 왕자라고 해도 섣부르게 단언하여 말할 수는 없었다.

만수르 왕자 정도 되는 사람이라면 그가 하는 말에 무게가 남다르게 실리기 때문이다.

그것을 생각해 본다면 언행에 신중을 기해야 함이 옳았다.

그때 만수르 왕자가 한수를 보며 물었다.

"만약 내가 자네를 후원하겠다고 하면 자네는 내 부탁을 들어줄 수 있겠나?"

"……제가 다시 맨체스터 시티에서 축구 선수로 뛰는 걸 원하시는 것입니까?"

만수르 왕자가 말없이 고개를 끄덕였다.

한수는 그런 만수르 왕자를 보며 웃음을 지었다. 그는 다른 몇몇 구단주처럼 구단을 과시욕으로 사들인 게 아니었다.

그가 맨체스터 시에 투자한 것만 봐도 그러했다.

그야말로 막대한 비용을 들여 엄청나게 투자했다.

만수르 왕자 덕분에 맨체스터 시의 경제가 살아나고 있다는 이야기마저 있을 정도다.

그 정도로 만수르 왕자는 축구를 사랑하며 맨체스터 시티를 사랑한다.

그런 그에게 계속되고 있는 맨체스터 시티의 추락은 눈 뜨고 보기 어려운 것일 터였다.

더군다나 몇몇 선수는 다른 구단으로 이적을 고려 중인 것으로 알려져 있었다.

선수 중 누구는 돈을 위해 뛰지만 누구는 우승을 위해 뛰기 때문이다.

지금 맨체스터 시티는 유로파리그에서는 탈락, 프리미어리그에서는 6위에 머물러 있었다.

올해 성적도 맨체스터 시티의 명성이나 그동안 들인 비용에 비해서는 썩 시원찮은 것임이 분명했다.

한수가 만수르 왕자를 보며 말했다.

"좋습니다. 왕자님께서 도와주신다면 저 또한 답례를 하겠습니다."

"알겠네. 생각해 보겠네. 내게 며칠 여유를 주게."

그로부터 며칠이 지났다.

한수를 비롯한 세계 여러 석학은 연구에 연구를 거듭하고 있었다.

그들이 일차적으로 목표를 둔 건 완전한 인공지능이었다.

완전한 인공지능이 있어야만 한수가 목표로 하는 걸 구현시키는 토대를 만들 수 있었다.

그러나 그러려면 여러 산업이 동시다발적으로 발전해야만
했다.

슈퍼컴퓨터만 필요할 게 아니라 그것을 구동시킬 수 있는
다른 첨단기기도 필요하기 때문이다.

그러나 그것들은 첨단이라는 이름이 붙은 것답게 비용이
무지막지했다.

그러는 동안 한수는 몇몇 기업에서 제안을 받았다.

그들은 한수가 세계적인 석학들과 함께 움직인다는 것에 선
뜻 도움을 주겠다고 밝혔다.

그러나 실상 들여다보면 지원은 짜고 성과는 모두 독차지하
려 드는 악의적인 조건뿐이었다.

제아무리 억만금을 준다고 해도 그런 곳과는 계약할 수 없
었다.

그렇게 며칠이 지났을 때였다.

한수 휴대폰이 울렸다. 발신자를 확인한 순간 한수가 곧장
전화를 받았다.

상대는 만수르 왕자였다.

-일찍 연락 준다는 게 많이 늦어졌군.

"괜찮습니다, 왕자님."

-내게 여유를 줘서 고맙네.

"별말씀을요."

-결정이 내려졌네. 우리 아랍에미리트 연합국은 자네를 지원하기로 뜻을 모았네.

"……정말입니까?"

-우리는 석유를 팔아서 그동안 돈을 벌었네. 사람들이 흔히 우리를 가리켜 기름 부자라고 부르는 게 그런 이유에서지.

중동국. 산유국으로 유명한 중동의 여러 나라는 기름을 팔아 돈을 벌었다.

그러나 점점 환경규제가 늘어나고 수소에너지나 전기에너지 등 환경오염이 덜한 에너지산업이 발전하면서 석윳값은 천정부지로 하락하고 있다.

-그래서 우리는 석유를 판 돈을 다시 금융산업에 투자하고 있네.

그렇게 그들은 탈피를 했다.

기름 부자에서 금융 부자로 탈바꿈한 것이다.

그들 대부분은 월스트리트의 막대한 주식을 보유 중이며 뉴욕 맨하튼의 대형 빌딩 또한 구입해 두고 있다.

-이제 우리는 제3차 산업에 투자하기로 마음먹었네. 그것이 우리 뜻일세.

가장 신경 쓰이던 문제가 해결됐다. 한수 입장에서는 천군만마를 등에 업은 셈이었다.

"고맙습니다. 왕자님."

그때였다. 만수르 왕자가 유쾌한 목소리로 물었다.

-그래서 우리 팀에는 언제 합류할 생각인가?

"하하."

한수는 그 질문에 머쓱하게 웃어 보일 수밖에 없었다.


「이번 여름 맨체스터에 킹(King)이 돌아온다」


뜨거운 여름.

여름 이적 시장을 한 달 코앞에 둔 지금.

맨체스터 지역지와 런던 지역지에 대서특필된 기사 제목이었다.

킹(King)이 돌아온다.

이것은 강한수의 성 강(Kang)이 킹(King)과 유사한 것을 빗대어 이야기한 것이었다.

다른 누구도 아닌 강한수가 프리미어리그로 복귀한다는 소식에 사람들의 관심은 뜨겁게 달아올라 있었다.

2010년대 초반 축구계를 이끌어가는 강자는 누가 뭐라 해도 레알 마드리드와 바르셀로나가 버티고 있던 프리메라리가였다.

여기에 신흥강호 아틀레티코 마드리드까지.

이들이 UEFA 챔피언스리그의 판도를 주도했다.

그러다가 거대자본을 등에 업은 파리 생제르맹이 네이마르, 음바페 등 차세대 주자를 영입하며 새로운 시대를 열었다.

하지만 현재에 이르러서는 맨체스터 시티, 맨체스터 유나이티드 등을 앞세운 프리미어리그가 강세를 보이고 있었다.

맨체스터 시티는 근래 들어 주춤거리고 있었지만 그래도 트레블을 차지한 적 있는 강자였다.

이것이 가능했던 건 프리미어리그의 중계료가 매년 큰 폭으로 상승했기 때문이다.

그래도 부침을 겪고 있던 맨체스터 시티에게 킹이 돌아온다는 건 여러모로 반가운 일이 아닐 수 없었다.

맨체스터 시티 팬포럼에서도 이 일로 쉴 새 없이 이야기가 오고 가고 있었다.


-야, 오늘 뜬 기사 다들 봤어? 맨체스터 이브닝에 뜬 기사 말이야.

└이번 여름 맨체스터에 킹(King)이 돌아온다」, 이 기사 말하는 거지?

└어, 그 기사 맞아. f***. 이 기사 사실이겠지?

-기자 이름이 맥도웰이네. 맥도웰이면 그래도 신빙성이 꽤 있다고 할 수 있지.

└ㅇㅇ, 애 말이 맞음. 맨체스터 시티 소식에는 꽤 정통한 사

람이야.

-그래? 그럼 이번 여름 이적 시장에 진짜 강한수가 돌아오는 거야?

-맥도웰 말이 사실이라면 그렇긴 한데…… 잘 모르지. 워낙 변수가 많으니까.

└그래도 킹이 돌아온다면 진짜 만수르가 최고다.

└그럼, 그럼. 최고지. 최고.

-이번에야말로 엿 같은 옆 동네 놈들을 박살 낼 기회라고.

-좋아. 그래야지!


맨체스터 시티 팬들의 반응은 용광로에 넣은 것처럼 뜨겁게 불타오르고 있었다.

그럴 수밖에 없었다. 팀을 전혀 다른 모습으로 만들었던 선수가 바로 강한수였다.

한편 강한수가 맨체스터 시티로 복귀한다는 소문은 다른 구단 팬들도 들썩거리게 하기에 충분했다.

특히 강한수가 없는 동안 맨체스터 시티는 중상위권에 머물러 있었고 그 덕분에 다른 구단들이 이득을 많이 봤다.

이를테면 토트넘 홋스퍼나 아스널, 리버풀 같은 구단은 맨체스터 시티가 최상위권으로 올라오지 못하면서 그 덕분에 챔피언스리그 진출권을 손쉽게 확보하곤 했다.

최종 순위에서 4위 안에 들어야 챔피언스리그 진출권을 얻을 수 있었기 때문이다.

그러나 강한수가 돌아온다면 이야기가 달라질 게 분명했다.

그는 은퇴한 리오넬 메시와 크리스티아누 호날두도 인정한 세계 최고의 선수였다.

단 한 시즌 뛰었을 뿐인데도 그 정도 평가를 받아냈다.

그렇다 보니 맨체스터 시티 팬들은 잔뜩 신이 난 반면 다른 구단 팬들은 울상을 하고 있었다.

특히 가장 심란해하고 있는 구단은 맨체스터 유나이티드였다.

맨체스터 시티가 허우적거릴 때 조세 무리뉴 감독이 이끄는 맨체스터 유나이티드는 2년 연속 프리미어리그에서 우승하며 최강의 구단으로 거듭나 있었다.

조세 무리뉴 감독은 새롭게 시작될 2021-2022시즌을 고대하며 마무리 훈련을 하고 있었다.

올해 맨체스터 유나이티드는 챔피언스리그 4강에 그쳤다.

우승을 차지한 구단은 파리 생제르맹이었다.

네이마르와 음바페를 영입한 파리 생제르맹의 기세는 놀라울 정도로 무시무시했다.

그들은 이미 2년 연속 챔피언스리그 우승에 성공하며 명문 구단으로 손꼽히고 있었다.

일각에서는 돈으로 이룬 우승이라는 평가를 내리며 명문구단으로 뽑기엔 이룬 성과가 턱없이 부족하다고 일갈했지만 파리 생제르맹이 강력한 우승 후보라는 건 그 누구도 부인할 수 없는 사실이었다.

그래서일까?

조세 무리뉴 감독 입장에서는 내년 챔피언스리그 16강 혹은 8강에서 상대하게 될 파리 생제르맹이 여간 신경 쓰이는 게 아니었다.

그는 챔피언스리그를 우승하기 위해 맨체스터 유나이티드에 부임했다. 그리고 챔피언스리그에서 우승하기 위해서는 파리 생제르맹을 잡아야만 한다.

다음 시즌은 기필코 파리 생제르맹을 잡을 생각이었다.

이번 시즌은 4강전에서 파리 생제르맹한테 패배하는 탓에 목표였던 챔피언스리그에서 우승하지 못했다.

그렇게 계속해서 전술을 수립하며 이번 여름 이적 시장에 영입할 선수 목록을 꾸려나갈 때였다.

노크도 없이 문이 벌컥 열렸다.

조세 무리뉴 감독이 있는 사무실 안에 들어온 사람은 조세 무리뉴와 몇 년째 함께하고 있는 수석 코치였다.

"파리아, 무슨 일인가?"

평소 노크를 하고 오던 것과 다르게 급하게 들어온 루이 파리아 수석 코치를 보며 조세 무리뉴가 눈매를 좁혔다.

그가 이렇게 급하게 들어왔다는 건 그만큼 중요한 안건이 있다는 의미였다.

루이 파리아 수석 코치가 무리뉴 감독을 쳐다보며 말했다.

"감독님, 소식 들으셨습니까?"

"무슨 소식? 요 며칠 잠도 제대로 못 자고 감독실에만 처박혀 있는 걸 누구보다 자네가 잘 알지 않나?"

"신문도 안 보신 겁니까? 하다못해 인터넷 뉴스라도……."

"그런 걸 볼 여유가 어디 있나? 그보다 무슨 일인가? 이야기 한번 해보게. 이렇게 다급히 왔을 정도면 무슨 이유가 있다는 것일 테니 말이야."

루이 파리아 수석 코치가 다급한 목소리로 말했다.

"그가, 그가 돌아온다고 합니다."

"그? 그라고 말하면 내가 누군지 어떻게 알겠나? 이름을 이야기하게."

조세 무리뉴가 눈살을 찌푸렸다.

루이 파리아 수석 코치가 답답해하는 조세 무리뉴 감독을 바라보며 다급히 말했다.

"맨체스터의 킹! 한스, 그가 복귀한다고 합니다."

조세 무리뉴 감독은 쥐고 있던 만년필을 자신도 모르게 떨어뜨렸다.

그가 눈에 띄게 어두운 표정으로 루이 파리아 수석 코치를 바라보며 물었다.

"그게…… 사실인가?"

"예, 맨체스터 지역지는 물론 각종 언론에 대서특필됐습니다. 그가 돌아오기로 했답니다. 만수르 왕자하고 합의를 이뤘다는군요."

"……이번 시즌은 이래저래 골치 아프겠군."

조세 무리뉴.

알렉스 퍼거슨 경 이후로 맨체스터 유나이티드를 이끄는 위대한 감독이 되어가고 있는 그가 한숨을 길게 내쉬었다.

그리고 그 반응은 잉글랜드 프리미어리그 어느 팀 감독에게서나 똑같이 나오고 있었다.

강한수가 복귀한다는 소문은 프리미어리그는 물론 다른 해외 축구 리그도 요동치게 만들기에 충분했다.

그 날 맨체스터와 런던을 들끓게 했던 소식은 하루도 채 지나지 않아 유럽 전역을 휩쓸었고 다음 날 전 세계에 퍼졌다.

국내에서도 이 이야기로 인해 시끌벅적했다. 해외 축구 팬들은 당연히 난리가 났다.

프리미어리그에서는 여전히 한국 선수 몇몇이 활동 중이었다.

그러나 박유성을 비롯한 2002년 월드컵 세대 그리고 그 이후 올림픽 세대 때 활약상과 비교하면 여러모로 처지는 게 사실이었다.

그렇다 보니 예전에 비해 해외 축구에 대한 관심도 다소 시들해져 있었다.

그 와중에 강한수가 다시 맨체스터 시티에 복귀하겠다는 건 해외 축구를 사랑하는 팬들에게는 그야말로 최고의 볼거리가 돌아온다는 것이나 매한가지였다.

더군다나 그들 입장에서는 제대로 '펄-럭'을 외칠 수 있는 순간이 찾아오는 셈이었다.

그렇게 한수가 복귀하기로 했다는 소문이 파다하게 퍼지는 사이 강한수는 여전히 로스앤젤레스에서 머무르고 있었다.

맨체스터 시티에 합류하기까지는 아직 보름 정도 남아 있었다.

합류하는 건 전혀 문제없지만 걱정되는 건 아내 제니퍼 로렌스였다.

지금 그녀는 임신 중이었다. 자신이 맨체스터에 합류한 이후에 출산하게 될 텐데 그녀 옆에 있어 줄 수 없다는 게 걱정이었다.

하루 이틀 정도 구단에게 이야기를 하고 로스앤젤레스로 돌아올 수 있겠지만, 그동안 제니퍼 로렌스를 홀로 둔다는 것도 영 마음에 걸리는 일이었다.

물론 맨체스터 시티와 계약하기 전 제니퍼 로렌스에게 3년에서 4년 정도 축구 선수로 뛰면서 만수르 왕자한테 후원을 받을 거라고 이야기했었다.

제니퍼 로렌스는 한수 말에 그래도 된다고 이야기하긴 했지만 그래도 그녀가 신경 쓰일 수밖에 없었다.

"그러지 말고 함께 맨체스터로 갈까?"

"그것도 좋긴 한데…… 음, 그럼 출산할 때까지 맨체스터에서 함께 지내자는 거지?"

"응, 그게 나을 거 같아."

"그래도 되긴 하지만 맨체스터에는 아는 사람도 없고……."

그녀의 친구들과 지인들은 대부분 이곳 베벌리힐즈에 머무르고 있다.

한수를 쫓아 맨체스터로 간다는 건 그 사람들과 멀어지는 일이다.

제니퍼 로렌스로서도 생각이 많아질 수밖에 없을 터였다. 그러나 제니퍼 로렌스는 이내 마음을 굳혔다.

그녀 역시 한수와 함께 있고 싶었다. 그리고 그들은 곧장 맨체스터에 살 집을 알아보기 시작했다.

예전에 한수는 구단에서 임대해 준 집에서 살았다.

그 당시에는 맨체스터에 오래 머무를 생각이 없었기 때문에 그렇게 한 것이었다.

당시 한수는 1년 계약이었고 계약이 끝나자마자 곧장 귀국해서 배우가 됐었기 때문이다.

그러나 이번에는 최소 3년에서 4년 정도 뛸 생각이었기 때문에 아예 살 집을 구할 생각이었다.

물론 만수르 왕자한테 이야기한다면 그가 두 사람이 살 근사한 집을 구해줄 터였다.

지금 당장 맨체스터에 가 볼 수는 없기 때문에 결국 한수는 누군가 도와줄 사람이 필요했다. 그리고 한수는 만수르 왕자 밑에서 일하고 있는 수행원의 도움을 받을 수 있었다.

만수르 왕자는 수행원을 시켜 한수가 머무를 집을 구하게 했다.

강한수가 맨체스터에서 지낼 집을 구한다는 소문에 집주인들은 너도나도 할 것 없이 값을 내려서라도 집을 임대로 빌려주고자 했다.

강한수가 살았다는 소문이 돌기만 해도 집값이 폭증할 가능성이 매우 높았기 때문이다.

덕분에 한수는 저렴한 가격에 베벌리힐즈에 있는 저택보다 더 큰 저택을 빌릴 수 있었다.

게다가 그 모든 비용은 온전히 만수르 왕자가 부담하기로 한 것이기도 했다.

제니퍼 로렌스는 세심하게 이것저것을 전부 다 배려해 주는 만수르 왕자 그리고 맨체스터 시티의 모습에 한수의 위상이 얼마나 대단한지 알 수 있었다.

그렇게 한수 부부의 취향에 맞게 임대된 집은 내부공사에 들어갔고 대략 3주 정도 지났을 무렵 한수는 제니퍼 로렌스와 함께 로스앤젤레스 국제공항으로 향했다.

오늘 두 사람은 함께 맨체스터로 떠날 예정이었다.

베벌리힐즈에 있는 짐들은 대부분 정리 정돈을 끝낸 상태였다.

제니퍼 로렌스는 출산 이후 몸조리를 한 다음 다시 로스앤젤레스로 돌아올 예정이었다.

아직 영화 계약이 많이 남아 있는 데다가 그녀는 할리우드를 대표하는 삼십 대 여배우 중 한 명이었다.

그것을 생각하면 그녀가 임신한 건 한수 부부에게는 경사스러운 일이지만 할리우드 영화계로서는 손실이라고 생각될 수밖에 없었다.

할리우드에서 제니퍼 로렌스만 한 존재감을 뿜어내는 여배우는 몇 명 되질 않았기 때문이다.

그렇게 두 사람이 리무진을 타고 로스앤젤레스 국제공항에 도착했을 때 그들은 공항 한가득 모여 있는 수많은 팬을 볼 수 있었다.

수많은 인파가 두 사람을 보기 위해 이곳에 와 있는 것이었다.

여러 방송국에서도 대대적으로 사람을 보냈다. 각종 방송국에서 보낸 리포터가 촬영을 준비 중이었다.

두 사람을 쫓는 수많은 눈길 속에 한수와 제니퍼 로렌스는 비행기에 올라탔다.

그러나 이곳 로스앤젤레스 국제공항에 운집해 있던 인파는 약과에 불과했다.

런던 히드로 공항을 경유해서 맨체스터 공항에 도착했을 때 한수와 제니퍼 로렌스는 적잖게 당황할 수밖에 없었다.

열세 시간 전 로스앤젤레스 국제공항을 가득 메우고 있던 그 인파와는 비교할 수도 없을 만큼 정말 많은 사람이 늦은 저녁 시간인데도 불구하고 공항 입국장에 가득 모여 있었다.

제니퍼 로렌스는 놀란 얼굴로 공항을 가득 메운 팬들을 바라봤다.

구름처럼 모여 있는 팬들을 본 그녀는 한수를 바라봤다.

새삼 자신이 사랑하는 남자가 이렇게 대단한 사람이었다는 걸 깨닫게 되는 것 같았다.

늦은 저녁 시간인데도 불구하고 수천 명이 넘는 팬들이 이곳 맨체스터 공항에 모여 있는 모습은 장관이 아닐 수 없었다.

이곳 맨체스터 공항에 모인 팬들은 맨체스터 시티의 팬들이었다.

그들은 단 한 시즌 뛰었지만 그 누구보다 강한 인상을 남겼던 강한수가 다시 맨체스터로 돌아온다는 말에 누구 한 명 가릴 것 없이 이곳 맨체스터 공항에 나와 있었다.

맨체스터 시티의 성적이 좋다면 이런 일은 없었겠지만 최근 맨체스터 시티의 성적은 여러모로 좋지 못했다.

유로파리그에서 헤맬 때도 있을뿐더러 프리미어리그에서 6위밖에 기록하지 못했을 때도 있었다.

반면에 옆 동네 라이벌 팀인 맨체스터 유나이티드는 순풍에 돛을 단 듯 엄청 잘 나가고 있었다.

조세 무리뉴 감독은 챔피언스리그에서만 우승하지 못했을 뿐 맨체스터 유나이티드를 프리미어리그에서 군림하고 있는 최강의 팀으로 변모시킨 상태였다.

숙적이라고 할 수 있는 옆 동네 팀은 잘 나가고 있는데 자신이 응원하는 팀은 부침을 겪고 있다면 누구나 늘 갈증을 느낄 수밖에 없다.

그렇다고 해서 투자가 적은 것도 아니었다.

구단주 만수르 왕자는 맨체스터 시티에 매년 천문학적인 자금을 쏟아붓고 있었다.

그렇다 보니 팬들 모두 누군가 팀을 끌어올려 줄 선수를 필요로 했는데 그야말로 최고의 선수라고 할 수 있는 킹(King) 강한수가 맨체스터 시티로 돌아온 것이었다.

당연히 그들 입장에서는 잠을 자지 않는 한이 있더라도 자신을 구원하기 위해 온 강한수를 반기려 했다.

한수는 조금 떨어진 곳에서 빙 둘러싼 채 자신이 공항 밖으로 나오는 모습을 보고 있는 팬들을 바라보며 손을 흔들었다.

"한스! 당신이 오길 바랐어!"

"얼마나 기다렸는지 몰라! 다시 한번 트레블을 부탁해!"

"정말 보고 싶었다고!"

"킹! 사랑해요!"

"사랑합니다! 제니퍼 로렌스!"

물론 개중에는 한수의 팬이 아닌 제니퍼 로렌스의 팬도 있었다.

어쨌든 그들은 맨체스터 시티에서 보낸 리무진을 타고 새롭게 생긴 보금자리로 이동했다.

만수르 왕자가 지속적으로 천문학적인 자금을 투자하면서 지금도 맨체스터는 꾸준히 성장하고 있었다.

실제로 맨체스터는 만수르 왕자의 투자 덕분에 그 어느 때보다 더욱더 눈부신 도시로 발전해 나아가는 중이었다.

그들이 도착한 곳은 맨체스터 시티의 홈구장인 에티하드 스타디움에서 멀리 떨어지지 않은 곳에 위치해 있었다. 그리고 그곳은 퍼스트 팀 선수단을 위해 준비해둔 고급 저택들이 즐비하게 세워져 있는 상태였다.

"앞으로 두 분께서 지내게 될 곳입니다. 필요한 건 모두 준비해 뒀습니다. 혹시 또 필요한 게 있으면 언제든지 제게 연락 주시면 됩니다."

"고맙습니다, 앤더슨."

그는 퍼스트 팀 선수들에게 각각 한 명씩 배정된 전담 매니저였다. 퍼스트 팀 선수들이 필요로 하는 게 있다면 즉각 구해주는 게 그들이 맡은 역할이었다.

메이저리그에 보면 클러비(Clubby)가 있다.

클럽 하우스 매니저 밑에서 일하는 보조직원들인데 선수들이 필요로 하는 용품 등을 공급할 뿐만 아니라 그밖에 야구단이 움직이는 데 필요로 하는 많은 일을 담당하는 역할을 하고 있다.

한수에게 붙은 이 남자 앤더슨 역시 퍼스트 팀 선수들을 돕는 클러비 중 한 명이었다.

"이게 제가 해야 할 일인데요. 오히려 한스 씨를 제가 돕게 되어 영광입니다. 어떤 선수를 담당하게 될지 궁금했는데 설마 그게 한스 씨일 줄은 생각지도 못했습니다."

앤더슨은 진심으로 좋아하고 있었다. 그만큼 한수를 담당하게 된 것이 꽤 즐거운 모양이었다.

"아, 그런 의미에서 사인 한 장만 부탁드립니다."

그러더니 그는 리무진 트렁크에서 유니폼 한 장을 꺼냈다.

"이 유니폼은……"

"맞습니다. 한스 씨가 맨체스터 시티에서 뛸 때 입었던 홈 유니폼입니다. 그때 사인을 받고 싶었는데 기회가 없어서…… 이제야 사인을 받을 수 있게 됐네요."

"오랜만에 보네요. 고맙습니다. 옛 추억이 새록새록 떠오르는군요."

한수는 그에게 사인을 해서 건넸고 앤더슨은 싱글벙글하며 떠났다.

그런 뒤에야 두 사람은 앞으로 그들이 살게 될 집 안을 둘러보기 시작했다.

정확히 이야기하면 집이라기보다는 저택이었다. 베벌리힐즈에서 살았던 저택보다 훨씬 더 넓었다.

주방에는 한수가 요구했던 냉장고가 네 개 들어차 있었고 그 안에는 싱싱한 식재료들이 가득했다.

또한, 가구들 모두 하나같이 값비싼 명품뿐이었다.

"왕자님이 신경 써서 챙겨주셨나 보네."

제니퍼 로렌스는 눈을 빛냈다.

완벽한 집이었다. 이곳에서 몇 년 넘게 지내도 전혀 질릴 것 같지 않다는 생각이 들었다.

"그러게. 이따 전화라도 해야겠다."

"아마 그 전에 왕자님이 찾아오시지 않을까?"

"글쎄. 시간이 바빠서 가능하실지 모르겠네."

그러나 그 말이 끝나기 무섭게 초인종이 울렸다.

두 사람은 바깥으로 나왔다. 집을 둘러보기도 전에 누군가 찾아온 것이었다.

그리고 밖으로 나온 그들은 낯익은 얼굴을 만날 수 있었다.

"……여기는 어떻게."

"하하, 저녁을 얻어먹으러 왔네."

그는 만수르 왕자였다.

냉장고 안에는 신선한 재료들이 가득했다. 저녁 준비를 하는 건 어려운 일이 아니었다.

한수의 집을 찾아온 건 세 사람이었다. 만수르 왕자, 펩 과르디올라 감독 그리고 케빈 더 브라이너.

오랜만에 보는 홍안의 소년 케빈 더 브라이너는 관록이 붙어 있었다.

한수가 케빈 더 브라이너를 반갑게 맞이했다. 만수르 왕자가 한수를 보며 말했다.

"어떻게 집은 마음에 드는가?"

"물론입니다. 사실 아직 전부 다 둘러보지도 못했습니다. 집이 워낙 넓어서요."

"다행이군. 자네 마음에 들지 않았으면 어쩌나 했네."

만수르 왕자가 흐뭇한 얼굴로 미소를 지었다. 그때 펩 과르디올라 감독이 한수를 보며 물었다.

"한스, 아직 계약 기간을 확정 짓지 않았다고 들었는데…… 특별한 이유라도 있나?"

"음, 못해도 삼 년 정도는 뛸 생각을 하고 있습니다. 조금 더 길어질 수도 있겠지만…… 그 이상은 어려울 거 같군요."

"그렇군. 자네가 은퇴할 때 나도 사임할까 해서 말이야. 하하."

"예?"

펩 과르디올라 감독은 명실상부한 세계 최고의 감독 중 한 명이었다.

비록 지금은 맨체스터 시티의 성적이 좋지 않아서 평가가 상대적으로 조세 무리뉴 감독에 비해 내려갔지만 여전히 그는 세계 최고의 감독 중 한 명으로 평가받고 있었다.

"농담이야. 만수르 왕자님이 내게 보여준 후의를 생각하면 오랜 시간 이 팀에 머무르고 싶은 게 내 솔직한 심정이네. 그래도 자네가 없어서 여간 힘든 게 아니었단 말이야."

"……하하, 그보다는 아무래도 부상도 있었고 다른 복합적인 사정들 때문이겠죠. 저 한 명 때문에 그런 일이 생겼겠습니까?"

"겸손하군. 그러나 그라운드에서는 전혀 다른 모습을 보여 주는 게 바로 자네니까 말이야. 기대하지."

"감사합니다, 감독님."

그러는 사이 만수르 왕자는 제니퍼 로렌스, 펩 과르디올라 감독과 더불어 집 안 구경을 나섰고 그동안 한수는 부지런히 요리를 준비하기 시작했다.

자신의 집에 찾아온 사람들을 대접하기 위함이었다. 그렇게 대략 한 시간 정도 흘렀을 때 한수는 요리를 모두 끝마칠 수 있었다.

그동안 다른 사람들은 한창 한수의 새집 구경을 모두 끝낸 상태였다. 그리고 저녁 식사가 시작됐다.

만수르 왕자가 한수가 만든 요리를 맛보며 너털웃음을 흘렸다.

"하하, 만약 자네가 축구 선수가 아니고 쉐프였으면 우리 구단의 전속 요리사로 고용했을 걸세."

"그런가요?"

"그래. 제이미 못지않은 실력이야, 아니, 제이미보다 낫다고 할 수 있겠어."

한수가 그 말에 웃었다. 지금 만수르 왕자가 이야기하는 사람은 제이미 올리버였다.

영국 국적의 요리사로 2003년에는 대영제국훈장을 받기까지 한 전설적인 쉐프다.

지금 그는 맨체스터 시티와 계약을 맺고 맨체스터 시티 퍼스트 팀 및 2군 선수단과 유스 선수단에게 음식을 제공하고 있었다.

만수르 왕자 말에 펩 과르디올라 감독이 미소를 지었다.

"제이미가 그 이야기를 들으면 무척 슬퍼하겠군요. 그동안 만수르 왕자님께서 제이미를 칭찬했던 걸 생각하면…… 크흠, 누군가 오늘 식사자리에서 나온 이야기를 들으면 되게 서운해 하겠군요."

"하하, 말이 그렇다는 거네. 아마 제이미도 내 말을 들으면 선뜻 그렇다고 할지도 모르지 않나?"

"……그럴까요?"

펩 과르디올라 감독이 멋쩍은 얼굴로 웃었다.

하지만 그 역시 한수가 만든 요리가 그 어떤 요리보다 더 맛있다고 여겨지고 있었다.

그럴 수밖에 없었다. 그리고 그 날 저녁 식사는 그 어느 날보다 더욱더 즐겁게 이루어졌다.

맨체스터 시티는 모든 일정을 끝마치고 선수단 전원 휴가를 떠난 상태였다.

케빈 더 브라이너 같은 경우 한수를 보고 싶다고 휴가를 조금 늦춘 채 한수를 기다렸던 것이었다.

2021-2022시즌을 대비한 본격적인 트레이닝은 7월 초부터 이루어질 예정이었고 아직 시간적인 여유는 충분히 남아 있었다.

그런데도 불구하고 한수가 조금 이르게 맨체스터로 넘어온 건 임신 중인 제니퍼 로렌스를 생각해서였다.

그렇게 맨체스터로 걸어온 뒤 한수는 본격적으로 트레이닝을 시작했다.

개인 트레이닝이었다.

그동안 몸이 적잖게 녹슬어 있었다. 꽤 오랜 시간 쉰 것 때문이었다. 일단 운동량부터 현역 시절로 돌려놔야 했다.

제아무리 리오넬 메시나 크리스티아누 호날두, 그 밖에 여러 전설적인 선수들의 기술을 따라 할 수 있다고 해도 몸 상태가 따라오지 못한다면 제대로 구현해 낼 수 없다.

그걸 생각하면 지금부터 부지런히 움직여 둬야 했다.

현재 한수가 생각 중인 기간은 최소 두 달이었다. 그렇다면 개막전쯤 이르렀을 때는 몸 상태를 정상으로 되돌릴 수 있게 될 터였다.

한편 사무실에 있던 펩 과르디올라 감독은 한수가 트레이닝 센터에서 개인 훈련 중이라는 이야기에 혀를 내둘렀다.

"확실히 프로는 프로군. 벌써부터 몸만들기에 들어간 건가 보군."

"예. 진짜 대단한 선수입니다. 그가 맨체스터에 돌아왔다는 게 이렇게 기쁠 줄이야. 하하."

"그렇지만 한스 한 명에게 의존할 생각은 버려야 하네. 그랬다가 한스가 떠나버리면 우리는 스스로 일어설 능력을 잃어버릴 거네."

"물론이죠."

펩 과르디올라는 바르셀로나를 떠올렸다.

리오넬 메시, 사비, 이니에스타가 현역 선수로 뛸 때의 바르셀로나는 그 누구도 막을 수 없던 강력한 팀이었다.

그러나 한 명씩 차례차례 은퇴하고 리오넬 메시마저 은퇴했을 때 바르셀로나는 급격히 무너지기 시작했다.

리오넬 메시라는 거대한 존재의 흔적을 지워줄 만한 선수가 바르셀로나에는 없었기 때문이다.

만약 네이마르가 바르셀로나에 남아 있었으면 리오넬 메시의 뒤를 이었겠지만 바르셀로나에는 그 뒤를 이을 선수가 없었다.

그러면서 최근의 바르셀로나는 챔피언스리그 8강 진출도 어려울 만큼 무너진 상태였다.

그것을 생각해 보면 선수 한 명한테 의존하는 건 대단히 위험한 것이라는 걸 알 수 있었다.

하지만 펩 과르디올라 감독은 훈련장에서 훈련 중인 강한수를 생각하며 입술 끝을 물었다.

'과연 그게…… 가능할까?'

그는 강한수와 함께 트레블을 차지했던 그 영광의 순간을 떠올렸다.

그리고 그는 강한수가 가지고 있는 그 어마어마한 재능에 전율해야만 했다.

그가 본 역대 최고의 선수인 리오넬 메시 그를 뛰어넘는 최고의 재능이었다.

그런데 그를 기용하지 않고 그를 쓸 수 있다는 욕망을 억제하는 게 가능할까? 아무리 생각해 봐도 그건 불가능한 일이었다.


그러는 사이 선뜻 시간이 흘러갔고 2021-2022 프리미어리그 시즌 개막전 날이 성큼 다가왔다.

당연하게도 강한수는 맨체스터 시티 개막전 선발 라인업이 포함되어 있었다.

맨체스터 시티의 2021-2022시즌 홈 개막전 상대팀은 토트넘 홋스퍼였다.

CHAPTER
5

국내에서는 IBC Sports 채널에서 해외 축구를 전문적으로 중계하고 있다.

그러나 작년까지만 해도 반응은 여러모로 시원찮았다.

그럴 수밖에 없는 게 대한민국 선수들의 경기력이 좋지 않았기 때문이다.

그래서일까?

예전에 비해 해외 축구를 보는 팬들의 관심도 시들시들해지려 하고 있었다.

물론 과거에 비해 요즘은 선수 한 명 때문이 아니라 그 팀 자체를 좋아해서 응원하는 골수팬들이 정말 많이 늘어나긴 했지만 그 수는 어디까지나 한정적이었다.

결국 대중들의 관심이 필요했고 그러려면 프리미어리그의 판도를 뒤집을 만한 스타플레이어가 반드시 필요했다.

이를 테면 맨체스터 유나이티드에서 뛰던 박유성 선수나 혹은 맨체스터 시티에서 단 1년 뛰며 트레블을 거머쥔 강한수 선수 같은 그런 선수가 필요했다.

그러나 그 정도 되는 선수가 쉽사리 보일 리가 없었다.

그래서 절망하고 있을 때 그들을 구원하듯 내려온 한 줄기 동아줄이 있었다.

바로 강한수였다.

강한수가 프리미어리그로 복귀한다는 게 대서특필된 것이다.

당시 그 상황을 생각하며 캐스터가 입을 열었다.

"하하, 진짜 강한수 선수가 다시 축구 선수로 돌아올 줄은 전혀 생각지도 못했네요. 안 그런가요? 어떻게 생각하세요?"

"그러게요. 진짜 생각지도 못한 일이긴 해요. 솔직히 누가 생각이나 했겠어요? 다들 은퇴하고 영원히 돌아오지 않을 거라고 믿었는데……"

그럴 수밖에 없었다.

그가 복귀할 기회는 한 번 있었다.

그러나 맨체스터 시티는 챔피언스리그에서 우승하지 못하면서 그를 데려올 기회를 놓쳤다.

그때 안타까워했던 국내 수많은 축구 팬들을 생각하면 울

화통이 터질 것 같았다.

실제로 IBC에서도 그 날 챔피언스리그 결승전 무대를 중계하면서 맨체스터 시티가 우승하길 얼마나 고대했던가.

챔피언스리그에서 우승한다면 강한수가 다시 현역으로 복귀하기 때문이다.

하지만 맨체스터 시티는 결국 우승하지 못했다.

그리고 강한수는 축구 선수의 길을 완전히 접는 듯했다.

캐스터가 그 날을 회상하듯 말했다.

"정말 그때 난리도 아니었죠. 하하, 아마 파리 생제르맹 팬을 뺀 웬만한 팬들은 전부 다 강한수 선수를 응원했을 거에요."

"그러고 보니 이번 챔피언스리그도 기대되네요. 강한수 선수하고 네이마르 선수가 맞붙으면 어떻게 될지 되게 기대되는 걸요?"

"그러게요. 네이마르 선수가 늘 인터뷰에서 자신이 본 선수 중에서는 강한수 선수가 리오넬 메시를 뛰어넘은 세계 최고의 선수라고 하던데 어떤 모습을 보여줄지 기대되네요."

"그렇죠. 아, 그건 그렇고 오늘도 손태석 선수는 벤치이려나요? 이왕 이렇게 된 거 코리안 더비를 보고 싶었는데 말이죠."

"몇 분 전에 라인업이 뜨긴 떴는데 보니까 손태석 선수는 아쉽지만 벤치더라고요."

캐스터 말에 해설이 아쉬운 듯 한숨을 토해냈다.

손태석은 토트넘 홋스퍼에서 뛰고 있는 대한민국 국적의 선수였다.

몇 년 전까지만 해도 주전 선수로 맹활약했지만 부상으로 인해 반년 넘게 고생한 이후 현재 그는 주전 라인업에 들지 못하고 있었다.

부상 때문에 폭발적인 스피드가 떨어져 버렸고 또 포체티노 감독이 전술 성향상 윙어를 선호하지 않는 점도 있었다.

어쨌든 개막전 선발 명단에 들진 못했어도 벤치에 있다는 것만으로도 일단 다행이었다.

그러는 사이 선수들이 하나둘 그라운드로 들어와서 몸을 풀기 시작했다.

그리고 강한수가 그라운드에 들어왔을 때 에티하드 스타디움에 박수갈채가 쏟아지기 시작했다.

맨체스터의 킹(King). 맨체스터 시티의 진정한 영웅!

그가 진짜 복귀한 걸 두 눈으로 본 팬들이 보내는 환호였다.

이미 사이드라인에는 수많은 팬들이 카메라로 그를 담기 위해 쉴 새 없이 셔터를 누르고 있었다.

한편 VIP만 쓸 수 있는 전용 룸에는 어느덧 배가 부른 미모의 여성이 그라운드에서 몸을 풀고 있는 한수를 사랑스러운 눈길로 바라보고 있었다.

그녀는 제니퍼 로렌스였다.

남편이 뛰는 개막전 경기를 보기 위해 온 것이었다.

지난번 저녁 식사를 함께한 이후 부쩍 왕래가 잦아진 만수르 왕자가 제니퍼 로렌스가 있는 VIP룸에 찾아왔다.

"미시즈 강, 찾아와 주셨군요."

"당연하죠. 제 남편이 뛰는 경기인 걸요. 앞으로도 종종 찾아올 생각이에요."

"물론입니다. 저 역시 환영입니다. 하, 오늘 정말 기대가 되는군요. 그래서 중요한 일도 미뤄두고 이렇게 직접 에티하드 스타디움에 찾아왔습니다."

만수르 왕자에게도 오늘은 잊을 수 없는 날이 될 터였다.

드디어 그가 꿈꾸던 선수가 다시 자신의 품으로 돌아온 날이기 때문이다.

강한수가 뛰던 맨체스터 시티와 그가 없는 맨체스터 시티는 너무나도 많은 차이가 났기 때문에 만수르 왕자로서는 강한수가 복귀하길 그 누구보다 간절히 바라고 있었다.

그러는 사이 그라운드에서 몸을 풀던 선수들이 다시 라커룸으로 돌아가기 시작했다.

다시 그라운드가 정비되고 십여 분쯤 지났을 때 심판들과 함께 양 팀 선수들이 에티하드 스타디움 위로 모여들었다.

2021-2022시즌 프리미어리그 개막전.

그 첫 경기가 오늘 이곳 에티하드 스타디움에서 열리는 것이었다.

경기가 시작하기 전 펩 과르디올라 감독이 선수에게 주문
한 내용은 지극히 평범했다.

강한수가 오늘 경기의 플레이메이커가 될 것이며 그를 중심
으로 팀이 운용될 것이라고 이야기한 것이다.

이곳 맨체스터 시티에서 뛰고 있는 선수들 모두 하나하나
대단한 프로 선수들이다.

또한, 그들 모두 스타플레이어다.

그런 만큼 그들이 갖고 있는 자긍심은 이루 말할 수 없을 정
도다.

그러나 누구 한 명 펩 과르디올라 감독에게 반발하지 않았
다. 아니, 반발할 수 없었다.

7월부터 시작된 트레이닝 캠프. 그때 선수들은 강한수와 처
음 대면했다.

개중 한수가 아는 얼굴은 몇 명 되지 않았다.

한수와 함께 뛰었던 선수 중 대부분은 은퇴했고 지금 맨체
스터 시티에 남아 있는 선수는 당시 로테이션 멤버였거나 혹
은 다른 구단에서 영입해 온 선수들이었다.

한수가 얼굴을 알 만한 선수는 케빈 더 브라이너나 가브리엘 제수스 정도였다.

그렇다 보니 처음 강한수를 대면한 선수들은 대부분 그를 썩 마땅치 않아 했다.

이번 시즌 맨체스터 시티과 관련 있는 각종 기사는 강한수의 복귀만을 중점적으로 다루고 있었기 때문이다.

그래서일까?

스폿라이트가 강한수에게만 쏟아지는 걸 일부 스타플레이어들은 시샘하기도 했다.

하지만 함께 훈련하며 그와 연습경기를 뛰면서 선수들은 강한수가 격이 다른 선수라는 걸 깨달을 수 있었다.

그래서 지금은 모든 선수가 강한수를 맨체스터 시티의 플레이메이커라고 인정한 상황이었다.

그전까지 맨체스터 시티의 경기를 지휘했던 케빈 더 브라이너가 제일 먼저 인정했는데 다른 선수들이 그것을 반박한다는 건 당연히 불가능한 일이었다. 그리고 경기가 시작됐다.

경기를 중계 중인 IBC Sports 소속의 캐스터와 해설자도 그만큼 말이 빨라졌다.

"강한수 선수는 오늘 공격형 미드필더로 출장하는군요. 주된 포지션이기도 하고요. 맨체스터 시티에서도 저 자리에서 플레이메이킹을 하기도 했죠."

"그렇습니다. 오늘 경기는 어떻게 예상하시나요?"

"아무래도 맨체스터 시티가 홈에서 치르는 개막전인 만큼 보다 더 유리하다고 평가할 수 있지 않을까요?"

"흠, 그렇군요. 강한수 선수가 맨체스터 시티에 가세한 게 여러모로 유리하게 작용하겠죠?"

"물론입니다."

그때 카메라가 돌아가던 도중 카메라에 잡힌 사람이 있었다.

"어? 잠시만요. 저분은 강선웅 협회장님 아니십니까?"

"맞는 거 같군요. 그 옆에는 양창수 기술위원장님도 있군요."

캐스터가 의아한 얼굴로 입을 열었다.

"두 분께서 무슨 일로 저기까지 가신 걸까요?"

"내년에 2022년 카타르 월드컵이 열리지 않습니까? 그것 때문에 가신 게 아닐까 추측해봅니다."

"아, 혹시 강한수 선수를 국가 대표 팀에 선발하고자 그런 걸까요?"

해설자가 고개를 끄덕였다.

"충분히 그럴 수 있다고 생각됩니다. 국가 대표 팀은 2002년 이후 연달아 월드컵에서 경기력이 좋지 않았거든요. 번번이 16강도 가지 못하고 탈락했고요. 그것 때문에 국민들의 반발이 매우 심한 편입니다. 그 와중에 다시 축구 선수로 돌아온 강한수 선수를 국가대표로 발탁할 수만 있다면 그 여론을 무마할 수 있겠죠."

"흠, 그렇겠군요. 아, 이때 강한수 선수. 직접 공을 몰고 그라운드를 누빕니다. 오늘 퍼스트 터치입니다!"

강한수는 몇 년 동안 쉬었다가 다시 복귀한 축구 선수라고는 믿어지지 않을 만큼 환상적인 드리블 돌파를 선보이기 시작했다.

세계가 그 모습을 보며 감탄하기 시작했다.

믿을 수 없는 판타지스타의 플레이가 이곳에서 펼쳐지고 있었다.

전반전이 끝났다. 전반전이 끝난 뒤 양 팀 스코어는 2 대 0이었다.

맨체스터 시티가 두 골을 몰아넣으며 개막전 승리를 견고하게 굳혀나가고 있었다.

강한수는 개막전에서 1골 1도움을 기록하며 최고의 활약을 선보이는 중이었다.

누가 그를 보고 몇 년 동안 쉬었던 선수라고 생각하겠는가.

믿기지 않는 일이었다. 전반전이 끝나고 라커룸으로 돌아왔을 때 펩 과르디올라 감독이 격한 얼굴로 한수를 마중 나왔다.

"역시 자네군. 최고였어. 후반전에서도 계속 뛸 수 있겠지?"

"풀타임도 문제없습니다."

강한수가 미소 지으며 말했다.

"아, 개막전 첫 골 축하하네."

"감사합니다."

한수가 고개를 꾸벅 숙였다.

오랜만에 돌아온 그라운드의 촉감은 나쁘지 않았다.

최고였다. 그리고 한수는 전반 14분에 득점을 기록할 수 있었다.

또 전반 23분에는 키 패스를 찔러 넣어주며 케빈 더 브라이너의 득점까지 도왔다.

그야말로 전반전 경기력만 놓고 보면 MVP라고 충분히 부를 수 있는 활약상이었다.

캐스터와 해설은 한수가 첫 골을 만들어내는 장면을 리플레이로 다시 보여주며 이야기하고 있었다.

"여기 보이십니까? 여기서 강한수 선수는 순식간에 상대 수비 세 명을 허수아비로 만들었습니다. 그리고 이때 골키퍼가 각도를 좁히면서 튀어나왔지만 강한수 선수가 부드럽게 찍어 차올린 칩슛을 막아낼 수는 없었죠. 역부족이었습니다."

"완벽하군요. 이렇게 침착하게 플레이한다는 게 가능한 일일까요?"

"현역 시절의 리오넬 메시가 아니면 불가능하지 않을까요?"

"하하, 대단합니다. 그럼 어시스트 장면도 봐볼까요?"

이번에는 어시스트 장면이 나왔다. 한수가 멀리서 크로스를 올리는 게 카메라에 잡혔다.

센터서클에서 차올린 크로스였다. 그리고 그 크로스는 오프사이드 트랩을 뚫고 안으로 파고든 케빈 더 브라이너에게 정확하게 연결됐고 케빈 더 브라이너는 논스톱 슈팅을 때리며 다시 한번 골망을 흔드는 데 성공했다.

이번에도 강한수가 또 한 번 최고의 플레이를 선보인 것이었다.

물론 그것을 받고 논스톱 슈팅으로 때려 넣은 케빈 더 브라이너 역시 최고의 선수나 다름없었다.

그리고 후반전이 시작될 무렵 카메라가 다시 경기장을 훑기 시작했다.

캐스터가 아는 척을 해왔다.

"VIP석에서 강한수 선수의 와이프 되는 제니퍼 로렌스, 아니 제니퍼 강이 경기를 지켜보고 있군요."

"두 사람의 결혼식은 그야말로 세기의 결혼식이라고 불러도 무방할 정도였죠."

"어? 잠깐만요. 지금 카메라가 비춰주는 선수는 크리스티아누 호날두 선수군요. 여기에 리오넬 메시 선수까지! 두 사람이 함께 에티하드 스타디움을 찾은 모양입니다."

캐스터도 놀란 얼굴로 웃음을 터뜨렸다.

"하하, 놀라운데요? 크리스티아누 호날두 선수가 리오넬 메시 선수하고 함께 이곳에 올 줄은 생각지도 못한 일입니다. 오늘 올드 트래포트에서 맨체스터 유나이티드도 개막전이 있는 걸로 아는데 말이죠."

"그만큼 두 사람 모두 강한수 선수를 의식하고 온 게 아닐까요?"

그들만이 아니었다. VIP석에는 셀레브리티 여럿이 자리해 있었다. 그들 모두 누구나 한 번쯤은 이름을 들어봤을 법한 유명 인사들이었다.

그들이 이곳 에티하드 스타디움을 찾아온 건 단 하나였다.

강한수. 그의 플레이를 직관하기 위함이었다. 그리고 그들 앞에서 강한수가 후반전 역사에 남을 만한 최고의 플레이를 선보이기 시작했다.


강한수. 축구 팬이라면 절대 그의 이름을 모를 수가 없다.

그가 한 시즌 동안 유럽 축구 역사 아니 세계 축구 역사에 남긴 업적은 어마어마한 것이었다.

그랬기에 많은 사람이 그가 복귀하길 간절히 바랐다.

그리고 강한수가 복귀했을 때 또 그가 개막전에서 환상적인 플레이를 보여주자 사람들은 환호성을 내지를 수밖에 없었다.

그들이 그토록 보고 싶어 하던 판타지 스타의 모습을 지금 강한수가 보여주고 있었다.

후반전이 되었어도 상황은 비슷했다. 토트넘 홋스퍼는 무기력했다. 그들은 강한수가 드리블을 하고 패스를 찔러줄 때마다 그 흐름을 쫓아오질 못하고 있었다.

펩 과르디올라는 경기 흐름을 지켜보며 눈을 빛냈다.

'역시 강한수다.'

그가 강한수의 복귀를 그 무엇보다 간절히 바랐던 이유.

지금 그 모습을 강한수가 필드 위에서 보여주고 있었다.

그는 그야말로 '마에스트로' 그 자체였다.

중원의 사령관으로 맨체스터 시티를 조율하고 있었다.

펩 과르디올라, 그가 강한수에게 요구했던 모든 전략과 전술을 그가 필드 위에서 실현시키고 있는 중이었다.

소름이 돋았다. 온몸이 전율이 흘렀다.

아스널의 감독 아르센 벵거는 한 매체와 했던 인터뷰에서 이런 말을 했다.

'나는 승리만을 원하지 않는다. 단, 5분 만이라도 내가 원하는 아름다운 축구가 필드 위에 펼쳐지길 원한다.'

그러나 그가 이끄는 아스널은 그 이후 계속되는 추락에, 결국은 챔피언스리그 진출권도 확보하지 못하게 되면서 아스널 팬들이 경질을 목 놓아 부를 정도까지 부진에 빠져 있었다.

하지만 그 벵거 감독이 오늘 맨체스터 시티와 토트넘 홋스퍼의 경기를 보게 된다면 자신이 그토록 보고 싶어 하던 아름다운 축구가 지금 이곳에서 펼쳐지고 있다는 걸 깨달을 게 분명했다.

펩 과르디올라는 그라운드를 누비고 있는 선수들을 보며 속으로 생각했다.

'이번 시즌…… 우리 팀은 최강이다.'


프리미어리그 1라운드 개막전 경기가 끝났다.

강한수는 풀타임 출장했고 그는 3골 3어시스트를 기록했다.

맨체스터 시티는 7 대 0으로 토트넘 홋스퍼를 홈에서 완전히 찍어눌렀다.

당연히 강한수는 개막전 MVP로 뽑혔으며 경기가 끝난 직후 프레스룸에서 MVP 인터뷰가 이어졌다.

"강한수 선수, 다시 복귀하셨는데요? 계기가 어떻게 되십니까?"

"만수르 왕자님께서 저를 전폭적으로 지원해 주신 덕분입니다. 이 자리를 빌어 만수르 왕자님께 다시 한번 감사하다는 말을 전하고 싶습니다."

"오늘 경기를 평가하신다면 어떻게 보십니까?"

"나쁘지 않았습니다. 아직 예전 기량을 완전히 되찾지는 못했지만 그래도 몸 상태가 7할 이상은 올라온 거 같습니다."

기자들은 강한수 말에 눈을 동그랗게 떴다. 오늘 보여준 모습은 그야말로 최고였다.

평점 10점 만점을 받아도, 아니, 그 이상의 점수가 존재한다면 주고 싶을 만큼 전혀 문제없는 완벽한 플레이였다.

지구 상에 축구의 신이 존재한다면 강한수가 아닐까 생각될 정도였다.

패스, 시야, 드리블, 돌파, 슈팅, 어시스트, 골. 모든 게 완벽했기 때문이다.

이전 시즌까지만 해도 케빈 더 브라이너 한 명에 의존해서 경기를 풀어갔던 맨체스터 시티였는데 강한수 단 한 명이 합류하면서 그 모든 게 바뀌었다고 할 수 있었다.

선수 한 명이 맨체스터 시티 정도 되는 빅클럽을 이렇게 변화시킨다는 건 사실상 말이 안 되는 일이었다.

현대 축구로 들어서면서 선수 개인이 미치는 영향력보다 팀적 움직임이 더 큰 영향력을 미치기 시작했기 때문이다.

그러나 때때로 호나우두, 호나우딩요, 크리스티아누 호날두, 리오넬 메시 같은 괴물들은 나타나게 마련이었고 강한수도 그들 같은 괴물 중 한 명이었다.

경기가 끝난 뒤 각종 매체에서 오늘 개막전을 비중 있게 다루기 시작했다.

대부분의 반응은 비슷했다. 극찬이 줄을 이었다.


티에리 앙리 "역사상 전무후무한 최고의 플레이어, 그가 돌아오다."

개리 네빌 "맨체스터의 킹(King)이 돌아오다."

리오넬 메시 "그는 늘 최고였다. 그리고 지금도 최고다."

크리스티아누 호날두 "차기 발롱도르는 그의 것이 될 것."

펩 과르디올라 "환상적인 밤이다. 오늘 나는 에티하드 스타디움에서 가장 완벽한 축구가 연주되는 모습을 지켜볼 수 있었다. 이는 감독이라면 누구나 바랄 일이다."

조세 무리뉴 "감정이 교차하고 있다. 그가 다시 축구계로 돌아왔다는 것에 즐겁지만 한편으로는 그를 막아야 한다는 것에 부담을 느끼고 있다. 그는 현존하는 세계 최고의 선수다."

네이마르 "그전까지 나는 축구에 대한 열의를 잃어버리려 하고 있었다. 그러나 그가 돌아옴으로 나는 다시 뛸 수 있게 됐다. 챔피언스리그 결승전에서 그를 만날 수 있기를 고대한다."


은퇴한 뒤 해설자로 일하고 있는 전직 축구 선수, 은퇴한 선수, 다른 구단의 감독 그리고 전년도 발롱도르 수상자까지 각양각색의 사람이 기자들과 인터뷰를 나눴다.

그들 반응은 대동소이했다. 그러나 한 가지는 분명했다.

세계 최고의 선수가 돌아왔다는 것. 그것은 분명한 사실이었다.

강한수가 맨체스터 시티에서 뛰고 있을 무렵 세계 최고의 과학자들은 아랍에미리트 아부다비 토호국의 전폭적인 지원 아래 인공지능을 연구하기 시작했다.

그들의 목표는 하나. 세계 최고 수준의 인공지능을 개발하는 것이었다.

강한수는 그들에게 자신이 알고 있는 지식을 전수했고 그들은 천문학적인 자금을 바탕으로 연구를 거듭했다.

그러나 쉬운 일은 아니었다.

강한수가 개발하려 하는 인공지능은 적어도 몇 세기 이상은 앞서 있는 기술이었다.

그렇지만 지금으로서는 해낼 수밖에 없는 일이었다.

또 해내야만 했다. 그렇게 연구가 계속되는 사이 강한수는 세계 축구계를 자신의 발 아래 두기 시작했다.

맨체스터 시티는 이전에 보여준 무기력한 모습과 달리 상위권 팀이든 하위권 팀이든 가리지 않고 무차별적으로 두들겨 패고 있었다.

한수가 선발로 나오지 않았을 때는 무기력한 경기가 몇 차례 보였지만 그런데도 불구하고 맨체스터 시티는 박싱데이까지 단 한 번도 패배 없이 순조롭게 올라오며 1위를 수성하고 있었다.

챔피언스리그에서도 맨체스터 시티는 조별 예선을 순조롭게 통과한 상태였다.

그러면서 도박꾼들도 맨체스터 시티를 강력한 우승 후보로 꼽고 있었다. 그리고 2월 중순 무렵 강한수는 구단으로부터 하루 휴가를 얻었다.

닷새 뒤 챔피언스리그 16강전이 열리는 걸 감안하면 구단 측에서 한수를 위해 많이 배려해 준 것이었다.

그러나 그럴 수밖에 없었다. 바로 오늘이 제니퍼 로렌스의 출산 예정일이었기 때문이다.

그녀는 지금 맨체스터 인근 병원에 입원해 있었다.

진통이 시작된 듯 분만실에 누워 있는 그녀에게 한수가 다가갔다.

"괜찮아?"

"응. 괜찮아."

한수는 떨리는 눈으로 그녀를 바라봤다. 2017년에만 해도 전혀 생각지 못한 그림이다.

세계적인 할리우드 배우가 자신의 아내가 되고 지금은 자신의 자식을 낳으려 하고 있다.

한수에게는 믿어지지 않는 일이었다. 한수는 그녀의 손을 잡았다. 지금 할 수 있는 일이라고는 그것뿐이었다.

그렇게 산통이 시작되고 몇 시간이 지났을 무렵.

"예쁘장한 따님이세요."

간호사가 쭈글쭈글한 아이를 받았다.

의사가 탯줄을 잘랐고 한수는 간호사가 받아낸 아이를 바라봤다.

쭈글거리는 피부지만 한수에게는 그 누구보다 아름답게 느껴지고 있었다.

"여보, 우리 딸이야."

오랜 분만 끝에 지친 제니퍼 로렌스가 땀에 젖은 얼굴로 간호사가 포대에 감싼 아이를 건네받았다.

그녀의 얼굴에도 환한 미소가 걸렸다.


분만실 밖으로 나온 뒤 한수는 입가에 미소를 그렸다.

딸을 본 순간 한수는 세상을 다 가진 것 같은 기분을 느낄 수 있었다.

특히 그 아이가 울음을 터뜨렸을 때 한수는 아무것도 생각할 수 없었다.

그저 머릿속에 남아 있는 건 자신이 아빠가 되었다는 것, 그것 하나뿐이었다.

두근두근-

심장이 거세게 떨렸다. 당장 닷새 뒤 챔피언스리그 16강전이 열리지만 그것조차 머릿속에 들어오지 않았다.

세상이 온통 딸 한 명만으로 가득 찬 것 같은 느낌이었다.

'아빠가 되면 다 이런 건가?'

한수는 멋쩍게 웃음을 흘렸다. 기분 좋아서 나오는 그런 웃음이었다.

왜 딸바보라는 말이 나온 건지 알 것 같았다.

그때 전화가 걸려왔다. 타이밍 좋은 순간이었다. 전화를 건 사람은 펩 과르디올라 감독이었다.

"감독님, 전화 받았습니다."

-나일세. 어떤가? 아직 병원인가?

"예. 방금 막 아내가 출산을 끝냈습니다."

-오, 축하하네. 딸이라고 했던가? 이름은 지었나?

"엘레나로 지을 생각입니다."

-예쁜 이름이군. 다른 게 아니라 내일 비행기를 탈 수 있나 해서 전화했네. 별문제 없겠지?

맨체스터 시티가 챔피언스리그 16강전에서 상대해야 하는 팀은 여전히 세계 최강의 클럽으로 손꼽히고 있는 레알 마드리드였다.

상대가 상대인 만큼 펩 과르디올라 감독도 강한수의 참가 여부를 물을 수밖에 없었다.

강한수가 기꺼운 목소리로 대답했다.

"예, 내일 공항으로 가겠습니다."

-고맙군. 내일 보세.

전화가 끝난 뒤 한수는 아내가 머무르고 있는 병실로 향했다.

그녀는 품에 자그마한 딸을 꼭 안고 있었다.

체중도 정상이고 이목구비가 뚜렷한, 아내를 똑 닮은 예쁜 딸이었다.

"통화하고 온 거야?"

"아, 응. 펩이 전화했어."

"챔피언스리그 16강전 때문이구나."

"맞아. 상대가 상대다 보니 올 수 있냐고 묻더라고."

"상대 클럽이 레알 마드리드였지?"

"응. 그래서 가봐야 할 거 같아. 내가 없으면⋯⋯ 8강 진출이 어려울 수도 있으니까."

"알았어. 어차피 당분간 난 여기 머무를 거니까 걱정 말고 다녀와도 돼."

"미안. 끝나자마자 바로 올게."

"미안할 게 어디 있어. 걱정하지 말고 다녀와. 그동안 우리 딸 잘 돌보고 있을게."

제니퍼 로렌스가 환하게 웃어 보였다. 민낯인데도 불구하고 그녀는 눈부시게 아름다웠다.

그리고 강한수는 다음 날 맨체스터 시티 선수단에 합류했다.

선수단 전원은 강한수에게 축하인사를 건넸다.

이미 한수한테 딸이 생겼다는 건 맨체스터 시티 선수단 전원에 알려져 있었다. 펩 과르디올라 감독도 한수에게 다가와서 덕담을 건넸다.

한수가 환하게 웃었다. 과연 누가 이런 삶을 생각이나 할 수 있을까?

불과 4년 전만 해도 그는 가진 것 하나 없는 평범한 복학생에 지나지 않았다. 그러나 지금 한수는 텔레비전에 나오는 스타들과 어깨를 나란히 하고 있다.

아니, 그들이 존경하고 있는 유일무이한 선수다.

그렇게 맨체스터 시티 선수 전원은 전세기를 이용해서 마드리드로 향했다.

챔피언스리그에서 우승을 차지하려면 반드시 넘어야 할 상대 레알 마드리드.

그들을 맞상대하기 위해서였다.

그리고 그들이 격전을 벌일 장소는 레알 마드리드의 홈구장 산티아고 베르나베우였다.

산티아고 베르나베우.

챔피언스리그에서 가장 많은 우승을 차지한 레알 마드리드의 홈구장이자 축구 팬이라면 누구나 가 보고 싶어 하는 성지 가운데 하나.

챔피언스리그 16강전이 열리려면 아직 나흘 더 남았지만 이곳은 이미 전의로 활활 불타오르고 있었다.

레알 마드리드 팬들이 전의로 똘똘 뭉친 이유는 다른 게 아니었다.

레알 마드리드가 역대 최초로 챔피언스리그 3연속 우승의 금자탑을 쌓고 4연속 우승이라는 사실상 불가능한 미션을 도전할 때였다.

그 당시 레알 마드리드를 막아선 팀이 바로 강한수가 이끄는 맨체스터 시티였다.

그 이후 레알 마드리드는 황금기에 접어들 타이밍을 놓쳤고 대권은 파리 생제르맹이 이어받게 됐다.

그렇다고 해도 여전히 레알 마드리드는 세계 축구계의 중심에 위치해 있는 팀 중 하나였다.

당연히 이번 원정이 맨체스터 시티 입장에서는 부담스러울 수밖에 없었다.

그러나 그들은 저번 챔피언스리그 때처럼 이번에도 레알 마드리드를 막아설 생각이었다.

마드리드로 넘어온 맨체스터 시티 선수단은 경기장 인근에 위치한 호텔에 숙박했다. 그리고 그들은 곧장 미리 알아봐둔 훈련장에서 몸을 풀며 훈련을 시작했다.

경기까지 남은 시간은 사흘. 그동안 충분히 컨디션을 끌어올릴 생각이었다.

기자들이 훈련장에 몰려들었다. 그들이 가장 관심을 갖고 있는 선수는 강한수였다.

그럴 수밖에 없었다.

모든 언론이 키 플레이어로 꼽고 있는 선수가 바로 강한수였으니까.

현재 언론이 키 플레이어로 꼽고 있는 선수는 맨체스터 시티에서는 강한수, 레알 마드리드에서는 이스코였다.

크리스티아누 호날두가 은퇴한 뒤 레알 마드리드의 핵심 선수로 자리 잡은 건 이스코였다.

이스코는 스페인 무적함대와 바르셀로나에서 핵심 선수로 활약하던 이니에스타를 떠올리게 한다는 평가가 자자했다.

이스코뿐만 아니라 레알 마드리드에서 또 주의 깊게 봐야 할 선수는 마르코 아센시오가 있었다.

데뷔한 경기에서 모두 골을 기록하며 화려하게 데뷔한 그는 레알 마드리드의 공격수로 크리스티아누 호날두의 빈자리를 메워주고 있었다.

결국 레알 마드리드와 맨체스터 시티의 경기는 어느 팀 공격수가 더 훌륭한 활약을 펼치느냐에 따라 갈릴 가능성이 농후했다.

맨체스터 시티에는 강한수와 케빈 더 브라이너가 있고 레알 마드리드에는 이스코와 마르코 아센시오가 있었다.

이들 듀오 중 어떤 듀오가 더 파괴력 있느냐 그 여부가 중요할 게 틀림없었다.

기자들은 그 점을 염두에 두고 맨체스터 시티 선수단이 훈련하는 장면을 눈여겨봤다.

그들의 눈길을 사로잡은 건 강한수일 수밖에 없었다.

연습 경기인데도 불구하고 그는 누구도 막을 수 없는 포스를 보여주고 있었다.

"진짜 대단하긴 대단하네. 이 년 가까이 쉬었는데 저 정도면 진짜 어마어마한 거잖아."

2019년 6월 챔피언스리그에서 우승하고 은퇴를 선언한 뒤 2021년 2월 그는 다시 현역으로 복귀했다.

1년 6개월가량 현역으로 뛰지 않았던 걸 생각하면 지금 그가 보여주는 모습은 믿어지지 않을 수밖에 없었다.

보통 쉬게 되면 기량이 쇠퇴하고 경기력이 떨어질 수밖에 없는 게 당연한 일이기 때문이다.

그러나 강한수가 지금 플레이하는 걸 보면 그 누구도 믿지 못할 게 분명했다.

누가 봐도 그는 공백이라는 게 전혀 느껴지지 않는 플레이어였다.

그렇게 연습 경기에서 강한수는 계속해서 좋은 모습을 선보였다.

점점 더 챔피언스리그 16강전 무대에 대한 기대감이 물씬 커지고 있었다. 그리고 대망의 그 날이 다가왔다.

경기를 뛰기 전 한수는 레알 마드리드의 어웨이 팀 라커룸에서 제니퍼 로렌스와 영상 통화를 하고 있었다.

제니퍼 로렌스 품 안에는 태어난 지 이제 며칠밖에 안 된 딸이 안겨 있었다.

케빈 더 브라이너를 비롯한 팀메이트들이 한수 옆에 옹기종기 모여들었다.

그들이 제니퍼 로렌스 품에 안긴 딸을 보며 눈을 동그랗게 떴다.

"와, 완전 예쁘다. 와이프가 예쁘니까 딸도 예쁘구나."

"예쁘지?"

"이름이 엘레나라고 했지? 그럼 엘레나 강이 되는 건가?"

"응. 맞아."

"같이 보러 왔으면 좋았을 텐데. 아쉽네."

"아직은 무리야."

"그건 그렇겠지?"

"그러니까 빨리 끝내고 귀국하자고."

한수가 밝게 웃었다.

한시라도 빨리 귀국해서 사랑하는 아내와 딸을 만나고 싶었다.

그러는 사이 경기 시작 시간이 되었다. 그들은 통로로 나왔다. 통로 너머에 레알 마드리드 선수단이 보였다.

이스코가 한수에게 아는 척을 해왔다.

"킹! 돌아와서 기뻐요. 당신과 경기할 수 있게 돼서 영광이군요."

"고마워요. 오늘 경기 서로 잘해 봐요."

"물론입니다. 절대 지지 않을 겁니다."

이스코가 맹렬하게 전의를 불태웠다.

마르코 아센시오도 한수에게 악수를 건넸다.

그리고 그들 양 팀 선수단이 산티아고 베르나베우에 입성했다.

챔피언스리그 16강 1차전.

유럽 최고의 팀을 가리는 이번 경기를 치르기 위함이었다.

양 팀 선수단이 경기장에 입장했을 때였다.

사방에서 플래시가 터졌다.

기자들뿐만 아니라 경기장에 모인 팬들도 너나 할 것 없이 플래시를 터뜨리고 있었다.

게다가 평소 근엄하기 이를 데 없는 산티아고 베르나베우의 팬들은 가면을 벗어던진 채 목청을 높이고 있는 중이었다.

레알 마드리드에는 울트라수르(Ultra Sur)라는 극우 팬들이 있다.

이들은 레알 마드리드에게도 골칫거리인 존재로 훌리건에 가깝다고 할 수 있다.

가장 노골적인 파시스트 그룹으로 상대팀 선수에 대한 인종 차별을 서슴지 않는 과격 팬들이다.

레알 마드리드는 이들을 염려한 끝에 그들이 사용하던 남쪽 스탠드에 유스 섹션을 설치해 버렸다.

울트라수르가 집단행동을 보이는 걸 막기 위함이었다.

그러나 그들은 귀신같이 뭉쳐 한수를 향해 인종차별은 물론 심한 욕설까지 해대고 있었다. 케빈 더 브라이너가 눈살을 찌푸렸다.

"신경 쓰지 마. 가끔 저렇게 비상식적인 놈들도 있게 마련이니까."

"하하, 걱정하지 않아도 돼. 실력으로 찍어눌러 줄 테니까."

한수는 어깨를 으쓱거렸다. 인종차별은 유럽이나 다른 어디를 가도 볼 수 있다.

흔치 않긴 하지만 흑인이나 동양인을 비하하는 서양인을 볼 수 없는 건 아니다.

그렇다고 해서 한수는 그들을 어떻게 할 생각은 없었다.

레알 마드리드의 회장을 만나서 그들의 출입을 제한하는 방법도 있을 것이다.

일단 한수는 플로렌티노 페레즈 회장과 친분이 있을 뿐만 아니라 플로렌티노 페레즈 회장은 한수를 영입하기 위해 갖은 수를 아끼지 않았을 만큼 한수에게 대단히 열정적인 인물이었으니까.

그러나 그렇게까지 할 생각은 없었다.

어차피 그들이 이렇게까지 자신에게 인종차별을 하고 야유를 보내는 건 자신의 경기력을 흐트러뜨리기 위함이 분명했다.

그렇다면 한수로서는 경기력으로 그들의 입을 닫게 만드는 게 최선의 방법이 될 터였다.

그 누구도 무시 못 할 정도로 압도적인 경기력을 보여주는 것.

울트라수르.

그들이 보내는 야유는 오히려 한수가 최고의 경기력을 발휘하게끔 동기를 부여하게 하고 있었다.

'호나우딩요가 이곳에서 기립 박수 받은 걸 잊지 못한다고 했던가?'

한수는 입가에 미소를 그렸다. 그들은 경기가 끝난 뒤 깨닫게 될 것이다.

그들이 잠자는 사자의 코털을 건드렸다는 것을 말이다.

"새벽 이른 시간에도 일어나서 경기를 시청하시는 많은 분들 반갑습니다. 오늘은 맨체스터 시티와 레알 마드리드, 레알 마드리드와 맨체스터 시티 두 팀의 16강 1차전이 열리는 날입니다. 경기는 산티아고 베르나베우에서 열리고 이미 만원관중이 빡빡하게 가득 들어차 있다고 합니다."

"예, 그렇습니다. 양 팀 감독은 오늘 경기가 얼마나 중요한지 거듭 강조하면서 무조건 승리를 거둘 것이라고 말했는데요. 실제로 여러 전문가 역시 오늘 경기가 어떻게 판가름날지 예측하는 건 무척 어려운 일이라고 밝히기도 했습니다."

"아, 때마침 양 팀 선수들이 나란히 입장하기 시작하는군요. 음, 레알 마드리드 서포터들의 야유 소리가 매우 크게 들리는데요. 아무래도 강한수 선수를 겨냥한 거겠죠?"

"그럴 겁니다. 상대팀의 에이스를 견제하는 건 당연한 행동

이거든요. 다만 다소 과격한 욕설도 들리는 게 껄끄럽긴 하군요. 그러나 강한수 선수는 이런 것에 쉽게 영향을 받는 선수는 아니니까요."

"오히려 저런 야유 소리 때문에 자극을 받아서 최고의 모습을 보여줬으면 하는 바람입니다."

캐스터와 해설자가 주거니 받거니 이야기를 나누는 동안 양팀 선수들이 서로 악수를 주고받은 뒤 챔피언스리그 16강 1차전이 시작됐다.

경기가 시작되고 케빈 더 브라이너는 한수의 오늘 상태가 조금 이상하다는 걸 깨달았다.

평소보다 훨씬 더 의욕적으로 움직이고 있었다.

처음에는 얼마 전 태어난 딸아이 때문에 그런 줄 알았지만 그건 아닌 듯했다.

케빈 더 브라이너가 한수에게 물었다.

"괜찮아?"

"물론이지. 계속 뛰자고. 아, 오늘 나한테 패스 좀 많이 찔러줘."

"응? 문제없지."

케빈 더 브라이너가 고개를 끄덕였다.

한수는 조금 더 최전방으로 앞서 움직였다.

그는 애초에 펩 과르디올라 감독으로부터 프리롤을 부여받았다.

즉 어느 위치에 뛰든 그는 전적으로 그의 재량에 맞게 행동할 수 있는 권한을 얻고 있는 셈이다.

수석 코치 도메네크 토렌트가 중원에서 활발하게 움직이고 있는 강한수를 지켜봤다.

여태 그는 수많은 선수를 봐왔다.

바르셀로나에서 전력 분석 담당관으로 일했던 그는 최고의 선수로 늘 리오넬 메시를 꼽곤 했다.

그전에는 호나우딩요가 있었지만 리오넬 메시를 본 이후 그에게 마음속 최고의 스타는 리오넬 메시 한 명뿐이었다.

강한수가 맨체스터 시티에 합류하고 트레블을 들어 올렸을 때도 그는 리오넬 메시를 여전히 No.1으로 생각했다.

또, 그것은 절대 변하지 않을 것이라고 믿었다.

하지만 이번 시즌 맨체스터 시티에 합류해서 뛰고 있는 강한수를 보며 그는 자신의 마음속 No.1을 바꿔야 하는 게 아닌가 하는 생각을 하게 됐다.

그때였다. 산티아고 베르나베우의 잔디를 밟고 가만히 경기장을 바라보던 펩 과르디올라 감독이 도메네크 토렌트 수석 코치에게 다가와서 말했다.

"도메네크."

"펩, 무슨 일입니까?"

"한스가 조금 이상하군요."

"예? 그게 무슨……."

"평소보다 조금 더 공격 쪽에 치우쳐 있군요. 무슨 일이 있었던가요?"

"그게…… 레알 마드리드 과격 팬 몇몇이 인종차별 발언을 한 모양입니다."

"흠, 그렇군요."

"어떻게 할까요? 이야기를 할까요?"

"아니요. 그냥 그가 알아서 하게끔 놔둡시다. 한스가 알아서 움직일 겁니다."

펩 과르디올라는 다시 주저앉았다.

그리고 경기의 양상이 크게 흔들거리기 시작했다.

그 변화가 처음 시작된 건 늘 그러하듯 강한수의 발끝에서였다.

그리고 몇 분이 채 지나기도 전 열띤 응원이 가득하던 산티아고 베르나베우가 도서관처럼 싸늘하게 얼어버렸다.

# CHAPTER
# 6

역사에 이름을 남긴다는 건 쉽지 않은 일이다.

남들이 보기에 불가능한 플레이를 한 사람들이 역사에 남게 마련이다.

그런 점에서 오늘 한수가 보여준 플레이는 역사에 남고도 남을 정도였다.

후반전 84분쯤 되는 시간.

산티아고 베르나베우는 적막에 빠져 숨소리 하나 새어 나오질 않고 있었다.

경기 시작 전까지만 해도 그렇게 격렬하게 인종차별적인 발언을 일삼고 한수를 향해 야유를 보내던 울트라수르들은 숨이 턱 막히는 얼굴을 한 채 한수가 부리는 마법을 지켜보고만 있었다.

언젠가 한 스페인 마드리드 지역을 연고로 하는 일간지에서 설문조사를 한 적이 있다.

'레알 마드리드 팬인 당신에게 묻습니다. 가장 기억하기 싫은 선수는 누구였습니까?'

레알 마드리드 팬 중 7할 이상은 바르셀로나의 리오넬 메시를 꼽을 테고 2할 정도는 호나우딩요, 나머지 1할은 여러 이름을 이야기할 것이다.

그 정도로 리오넬 메시는 레알 마드리드 서포터 입장에서 정말 상대하기 까다로운 선수였다.

더군다나 같은 리그 선수이다 보니 자주 부딪칠 수밖에 없다는 것도 감안을 해야 했다.

그러나 오늘 레알 마드리드 서포터들 머릿속에 단단히 각인된 선수는 다른 누구도 아닌 강한수, 그의 이름이었다.

"진짜 미친 거 아니야? 어떻게 저럴 수 있는 거지?"

"괴물이야. 괴물. 저 피지컬에 저 드리블에 저 돌파에…… 리오넬 메시 이후로 저런 괴물은 처음 보는 것 같아."

다들 고개를 절레절레 내저었다.

그때였다.

펩 과르디올라 감독이 수석 코치 도메네크 토렌트를 불러 물었다.

"교체 준비는 되었습니까?"

"예, 감독님."

"그럼 교체하도록 합시다."

그리고 선수가 교체됐다.

그라운드를 떠나는 선수는 강한수, 새롭게 그라운드에 들어온 선수는 이십 대 초반의 젊은 유스 선수였다.

레알 마드리드 팬들의 얼굴에 노기가 어렸다. 그러나 이미 경기를 뒤집는다는 건 불가능한 일이었다.

5 대 1.

맨체스터 시티는 레알 마드리드의 홈에서 레알 마드리드를 상대로 4점 차로 앞서나가고 있었다.

그리고 중요한 건 다섯 골을 모두 한 선수가 기록했다는 데 있었다.

그 선수의 이름은 강한수.

강한수는 케빈 더 브라이너와 포옹을 나눈 뒤 그라운드를 빠져나오기 시작했다.

그러자 레알 마드리드 선수들이 하나둘 한수에게 다가와서 악수를 건넸다.

다들 그의 경이로운 모습에 경의를 표하고 있었다.

레알 마드리드의 부주장 토니 크로스 역시 한수에게 다가와서 손을 내밀었다.

그 순간 조용하던 레알 마드리드의 홈구장에 박수갈채 소리가 터져 나오기 시작했다.

귀가 떨어질 정도로 거세게 울리는 그 소리에 한수가 미소로 화답했다.

경기 전까지만 해도 한수에게 욕설을 퍼붓고 인종차별발언도 서슴지 않던 울트라수르들은 벌겋게 오른 얼굴로 눈알을 굴리기에 급급했다.

벤치로 돌아왔을 때 펩 과르디올라가 한수에게 다가왔다.

"오늘 활약, 눈부셨네."

"감사합니다, 감독님."

"나는 늘 레오를 최고의 선수라고 생각했는데 오늘 내 생각이 바뀌었어. 하하."

"그런가요?"

그때 도메네크 토렌트 수석 코치도 달려 나와 말했다.

"나 역시 마찬가질세! 내 마음속 넘버원은 이제 자네야!"

그리고 그 날 경기가 끝난 뒤 월드 사커(World Soccer) 헤드라인을 장식한 건 단 한 줄의 문구였다.


[축구의 신이 산티아고 베르나베우에 강림하다.]


📺

한편 그 날 경기가 끝난 직후 한수는 호텔로 돌아와서 하룻 밤을 푹 쉬었다.

그러나 쉬려고 해도 쉴 수가 없었다.

온몸이 마치 타오르는 불덩어리인 양 들끓고 있었다.

쉬고 싶어도 몸 안에 가득 차오른 에너지가 한수를 에워싸 고 있었다.

그 에너지를 전부 다 소모하기 전에는 잠들기는커녕 앉아 있는 것마저 힘들 정도였다.

쉼 없이 수영장에서 계속 수영을 거듭한 끝에야 한수는 들 끓던 에너지를 어느 정도 가라앉힐 수 있었다.

그러나 무언가 문제가 생긴 건 분명했다.

그게 어디라고 콕 집어 이야기할 수는 없지만, 생체리듬이 깨져 버렸다.

한수가 이를 악물었다. 그는 오랜만에 채널 마스터를 확인 했다.

최근 들어 한수는 채널 마스터를 더 이상 쓰지 않고 있었 다. 그에게 더 많은 지식은 과용에 불과하다는 걸 깨달았기 때 문이다.

이미 한수에게는 넘쳐나는 지식이 있었고 개중에는 제대로 소화시키지 못한 쓸데없는 지식도 적지 않았다.

그래서 한동안 채널 마스터의 능력을 사용하지 않고 있었던 것이었는데 이번에 채널 마스터의 지킴이를 만나는 건 정말 간만의 일이었다.

[오셨습니까?]

늘 그렇듯 눈을 감자 그 존재가 한수를 반겼다.

평상시에는 별문제 없지만 그 존재는 한수가 자신의 존재를 캐물을 때면 예민하게 반응하곤 했다.

한수가 입을 열었다.

"내 몸 상태가 왜 이렇게 된 거지?"

한수는 오늘 특별한 경험을 해야 했다.

인간을 초월한 그 이상의 활력을 얻었고 그것 덕분에 오늘 한수는 레알 마드리드와의 경기에서 전무후무한 경기력을 보일 수 있었다.

축구의 신이 산티아고 베르나베우에 강림했다는 기사를 쓰게 할 만큼 한수 전신에 활력이 돋았고 한수는 그것을 바탕으로 세계 축구사에 길이 남을 경기를 펼쳐 보일 수 있었다.

지금도 사람들은 한수의 경기를 놓고 갑론을박을 벌이고 있었다.

그러나 그만큼 활력이 넘쳐나는 대신 그 활력을 완전히 소모하지 못해서 여전히 활력이 남아돌고 있었다는 게 문제였다.

좀처럼 해소하지 않으면 쉴 수 없는, 마치 톱니바퀴가 어긋

난 것 같은 그런 느낌이었다.

채널 마스터의 존재가 대답했다.

[지나친 능력의 소비는 문제를 일으킵니다.]

"조금 더 정확하게."

[신체가 빠른 속도로 가속화되고 있습니다. 뇌의 과부하 때문에 일어난 문제입니다.]

"……."

한수가 입술을 깨물었다.

예전에도 몇 차례 문제가 발생한 적이 있긴 했다. 그 문제 대부분 두뇌의 과부하로 인해 일어난 일이었다.

그래서 한수는 한동안 뇌를 사용하지 않고 휴식을 취한 적도 있었다.

그러나 그동안 끊임없이 뇌를 쓴 것 때문에 문제가 생긴 모양이었다.

한수가 눈살을 찌푸렸다. 그가 말을 꺼냈다.

"MRI 검사를 받아봤지만 아무 문제도 없다고 나왔어. 그런데 뭐가 문제라는 거지?"

[현대 의학으로는 밝혀낼 수 없는 문제입니다.]

인간은 아직 뇌과학의 연구가 더딘 상태다. 현대 과학으로도 뇌에 대해 알아낸 건 극히 일부분이다.

그것을 감안하면 이 존재가 말하는 건 거짓일 리가 없었다.

한수가 존재를 향해 물었다.

"……앞으로 나는 얼마나 더 살 수 있는 거지?"

[늦어도 5년 안에는 문제가 터질 것이고 그때는 지금의 과학 기술로도 밝혀낼 수 있을 것입니다. 다만 손쓰기 어려운 상황이 될 테죠.]

5년.

한수는 제니퍼 로렌스가 품에 안고 있던 아이를 떠올렸다.

그 딸아이가 커가는 모습을 함께하고 싶다.

그런데 남은 시간이 불과 5년밖에 되지 않는다는 것에 한수는 절망할 수밖에 없었다.

"다른 방법은 없을까?"

병들어 버린 뇌. 이 뇌를 살려야 했다.

[존재하지 않습니다.]

한수는 마음을 달리 먹었다. 현재 중요한 건 자신을 치료하는 일이다. 자신의 뇌를 갉아먹고 있는 무언가를 치료할 방법이 필요했다.

레알 마드리드를 상대로 대승을 거둔 그 날 이후 한수는 훈련장에 뜸하게 나오기 시작했다.

그러나 기량은 여전했다.

한수의 컨디션은 최고였고 그의 기량이 녹슬 일은 전혀 없었다.

한수가 훈련장을 뜸하게 나온 건 집에서 연구하는 시간이 길어졌기 때문이다.

제니퍼 로렌스와 함께 아이를 돌보는 한편 한수는 끊임없이 뇌 관련 분야를 공부했다.

뇌를 소모하면 소모할수록 생명에 위험이 다가온다는 걸 알았지만 지금으로서는 이게 최선의 방법이었다.

그뿐만 아니라 한수는 다시 한번 전신검사를 받았다.

혹시 모를 단서를 찾아낼 수 있지 않을까 하는 작은 희망에서였다.

그러나 정밀검사를 받았는데도 불구하고 한수는 문제점을 찾을 수 없었다.

그의 신체 컨디션은 최상이었다.

오히려 웬만한 올림픽 운동선수 저리 가라 할 정도로 대단한 수준이었다.

그를 검사한 의사는 한수가 올림픽 어느 종목에 나가도 우승할 수 있을 만큼 훌륭한 신체 능력을 가지고 있다고 평가했을 정도였다.

그러나 한수는 채널 마스터가 절대 거짓을 이야기하지 않는다는 걸 알고 있었다.

그리고 한수 스스로 느끼고 있었다.

그랬기에 한수는 계속해서 세계적으로 명망 있는 학자들과 연구를 교류하며 뇌 과학, 신경 과학 및 그밖에 다양한 학문들을 연구했다.

그러는 동안 맨체스터 시티는 순항을 이어 나갔고 그들은 2021년 6월 파리 생제르맹을 상대로 챔피언스리그에서 우승을 거두며 유종의 미를 거둘 수 있었다.

음바페와 네이마르가 고군분투했지만 강한수가 이끄는 맨체스터 시티를 꺾는 건 불가능했다.

그뿐만 아니라 프리미어리그, 잉글랜드FA컵도 우승을 거두며 맨체스터 시티는 유럽 최고의 클럽으로 손꼽히는 위엄을 달성할 수 있었다.

그렇게 모든 대회가 마무리됐을 때 한수는 그동안 틈틈이 이어 나가던 학자들 간의 교류를 보다 더 주도면밀하게 이어 나갔다.

그러나 문제가 발생했다.

늦어도 5년 안에는 문제가 터질 것이라고 했지만 상황은 생각했던 것보다 훨씬 더 빨리 터져 버렸다.

한수가 새로운 분야를 계속해서 배우고 흡수하면서 뇌에 과부하가 지속적으로 일어났고 그것이 치명상을 입히고 만 것이었다.

그 후 한수는 다시 한번 MRI 검사를 받았고 그때 뇌종양이 의심된다는 의사의 소견을 받을 수 있었다.

세계 최고의 축구 선수가 뇌종양을 앓고 있다니. 축구 팬으로서는 상상할 수도 없는 일이었다.

가장 큰 충격을 받은 건 한수의 부모님 그리고 그의 아내 제니퍼 로렌스였다.

그동안 아무 문제 없이 건강하게 경기를 뛰며 세계 최고의 축구 선수라고 불린 강한수, 그가 뇌종양을 앓고 있다니.

게다가 그 뇌종양이 수술이 어려운 상태라는 것까지 밝혀졌기 때문에 난리가 나버렸다.

그나마 맨체스터 시티 입장에서는 시즌이 끝났다는 게 천만다행인 일이었다.

그들로서는 어떻게든 한수를 치료해야 했다. 한수는 맨체스터 시티에게는 반드시 지켜야 할 핵심 선수였다.

만수르 왕자는 자신의 사재를 털었다.

"돈은 얼마가 들어도 좋네! 그를 살려야 해. 뇌 과학과 관련 있는 전문가는 얼마가 되든 모두 데려오게. 무조건, 무조건 그를 살려야 하네."

그와 함께 한수가 계속해서 교류를 나눴던 여러 학자가 맨체스터로 몰려들었다.

그들로서도 한수를 잃는다는 건 뼈아픈 일이었다. 그동안 강한수와 함께 토론을 거듭하며 연구한 덕분에 연구 속도가 지속적으로 향상되고 있었다.

그런데 그 강한수가 설마하니 뇌종양을 앓고 있을 줄은 생각지도 못한 일이었다.

그것도 잠시 그들은 만수르 왕자의 지원 아래 본격적인 치료법 연구에 들어가기 시작했다.

그렇게 치료법 연구가 시작되고 얼마 지나지 않았을 때.

세계 각국에서 한수를 향한 도움이 이어지기 시작했다.

이미 모두에게 한수는 절대 잃을 수 없는 그런 소중한 존재가 되어버린 지 오래였다. 단지 축구 팬뿐만 있는 게 아니었다.

그가 부른 노래를 사랑하는 사람도, 그가 만든 요리를 사랑하는 사람도, 그의 연기를 사랑하는 사람도.

이미 세상에는 한수를 사랑하는 사람들이 차고 넘칠 정도로 많았다. 그리고, 기적이 일어났다.


기적은 쉽게 일어나지 않는다.

쉽게 일어난다면 기적이라 하지 않는다. 그렇기 때문에 기적이라고 부르는 것이다.

그리고 한수에게 일어난 일은 기적이라고 부를 만했다.

수많은 사람이 한수를 살리기 위해 움직였다. 사람만 움직였다면 한수를 살릴 수는 없었을 것이다.

그러나 자본이 뒤따랐다. 만수르 왕자를 비롯해 그동안 한수가 인연을 맺었던 많은 사람이 십시일반으로 한수를 도왔다.

그들의 도움이 한수를 살렸다. 다만 인력과 자본이 투자된다고 해도 기술의 발전이 없으면 불가능하다.

현대 과학 기술로 불가능한 일을 천문학적인 자금과 인력을 투자한다고 해서 이뤄낼 수는 없다. 그러나 그때 한수를 도운 게 있었다.

채널 마스터, 그 존재였다. 전혀 생각지 못한 일이었다.

채널 마스터는 미래의 과학 기술을 한수에게 공유했고 한수는 그 과학 기술을 토대로 연구 성과를 빠른 속도로 끌어올릴 수 있었다.

함께 연구하던 과학자들도 의문을 가질 만큼 한수가 가져온 성과는 현대 과학 기술을 아득히 뛰어넘은 것이었다.

그래서 몇몇 과학자는 한수에게 어디서 이런 기술을 찾아냈는지 묻곤 했지만, 그때마다 한수는 자신이 우연히 발견했다고 둘러댈 수밖에 없었다.

어쨌든 그 덕분에 뇌종양을 비롯한 여러 불치병을 치료할 수 있는 치료법을 발명할 수 있었고 한수는 극적으로 회생할 수 있었다.

기적이나 다름없었다. 그리고 그 업적을 기리는 일이 생겼다.

한수를 포함한 유수의 과학자들이 공동으로 노벨 생리학

상 의학상을 수상하게 된 것이었다.

　노벨 생리학 의학상은 생리학이나 의학 분야에서 큰 업적을 이룬 사람에게 수여하는 상이다.

　노벨 생리학 의학상은 스웨덴의 카롤린스카 의학연구소에서 선정하게 되는데 뇌과학 연구에 놀라울 정도로 진보를 이뤄낸 이들에게 노벨 생리학 의학상이 수여되기로 결정이 난 것이다.

　그해 12월 10일 스웨덴의 수도 스톡홀름에는 수많은 기자가 몰렸다.

　이곳에서 오후 4시 30분에 시상식이 열릴 예정이었다.

　시상식이 정각이 아니라 오후 4시 30분인 것도 특별한 이유가 있는데 이는 노벨상을 제정한 알프레드 노벨을 기리기 위해 일부러 정한 것이었다.

　그가 사망한 날짜와 시간에 맞춰 시상식이 진행되는 것이었다.

　그렇게 시상식이 열리는 날 한수는 오랜만에 외출했다.

　그동안 병원에 입원해서 꾸준히 치료를 받아야 했다. 그러는 한편 그를 찾아온 과학자들과 함께 치료법을 찾았다.

이 모든 게 가능했던 건 전폭적인 지지를 아끼지 않은 만수르 왕자 덕분이었다.

그가 천문학적인 비용을 후원했기 때문에 연구 결과를 만들어낼 수 있었다고 봐야 했다.

한수 곁에는 제니퍼 강과 어느덧 훌쩍 자란 엘레나 강이 함께하고 있었다.

한수는 그들과 함께 시상식이 열리는 곳에 도착했다.

이번 연구에 참가했던 과학자는 수백 명에 이르렀지만 그들은 한사코 공동 수상을 사양했다.

실질적으로 한수가 채널 마스터로부터 얻어낸 기술 때문에 이 정도 연구 성과를 거둘 수가 있었다는 게 그들이 공통되게 주장한 의견이었고 노벨 생리학 의학상은 강한수가 대표로 받아야 한다는 게 그들이 주장하는 바였다.

노벨상 수상식이 거행되는 콘서트홀에 모여 있던 기자들은 강한수와 제니퍼 강 부부가 들어서자 일제히 서터를 누르기 시작했다.

"여기 좀 봐주세요!"

"사진 좀 찍읍시다! 비켜 봐요!"

기자들끼리 옥신각신 다툼이 벌어졌다.

현재까지 대한민국에서 노벨상을 수상한 사람은 한 명뿐이었다.

그 이후 단 한 번도 노벨상 수상자를 배출한 적이 없었는데 이번에 두 번째로 대한민국에서 노벨상 수상자가 나온 것이었다.

그것도 전혀 기대하지 않은 생리학 의학 분야에서 수상자가 나타났다.

이런 일에는 열띤 응원을 하고 자신의 일처럼 기뻐하는 우리나라 사람들 특성상 한수가 노벨 생리학 의학상을 받은 걸 놓고 국민 영웅이 나타났다고 평가하는 사람들도 간혹 있었다.

어쨌든 한국 기자들이 우르르 이곳에 몰려든 건 어찌 보면 당연한 일이었다.

그전까지만 해도 소수의 기자만 왔던 걸 생각하면 이번에 이곳에 온 한국 기자단의 규모는 미국 저리 가라 할 정도였다.

득실거리는 한국 기자들에 오히려 외국 기자들이 불편해할 정도였다.

전문성도 없는 기자들이 수상식이 열리는 콘서트홀에 와서 시끌벅적 떠들썩하게 굴며 포토라인을 침범하거나 다른 기자들을 밀쳐대는 등 무례한 짓을 저지르고 있었기 때문이다.

그러는 동안 콘서트홀에 들어선 한수는 이 자리에 모인 다른 수상자들도 만나볼 수 있었다.

물론 그 중 노벨 평화상을 수상하게 될 수상자는 찾아볼 수 없었다.

다른 수상자는 전부 다 스톡홀름에 있는 콘서트홀에서 받지만 노벨 평화상은 오슬로 시청사에서 수상 받게 되기 때문이다.

참가자 전원이 모두 모였고 그 자리에 노벨상을 수상하게 될 사람이 나타났다.

스웨덴 국왕 칼 구스타프 16세였다. 그가 단상에 올라왔고 내빈들을 향해 인사를 건넸다.

"오늘 이 자리에서 노벨상을 수상하게 된 점 영광입니다. 그럼 오늘 노벨상을 수상할 수상자들을 이 자리로 모셔보겠습니다."

칼 구스타프 16세의 말이 끝난 뒤 노벨상 수상자가 차례차례 소개되기 시작했다.

놀라운 건 노벨상 수상자를 호명할 때마다 그 수상자의 국적에 맞는 언어로 소개되고 있다는 점이었다.

그리고 한수의 차례가 되었다.

"노벨 생리학 의학상 수상자는 대한민국의 강한수 씨입니다. 그는 유수의 많은 과학자와 함께 악성 뇌종양을 비롯한 각종 불치병 치료를 위한 의학기술 발전에 크게 기여하였으므로 그 공로를 기려 노벨 생리학 의학상을 수여하게 됐습니다."

한수는 이곳 스웨덴 콘서트홀에서 울려 퍼지는 한국어를 들으며 감회가 남다름을 느꼈다.

예전에 한 피겨 스케이팅 스타가 일본인 두 명을 제치고 우승을 차지한 적 있었다.

그때도 금메달이 수여될 때 국기가 일본 국기를 제치고 가장 우뚝 솟으며 애국가가 불렸는데 그때 느꼈던 그 감동을 지금 다시 느낄 수가 있었다.

한수는 입가에 미소를 그린 채 단상에 올라갔다.

스웨덴 국왕 칼 구스타프 16세가 한수에게 노벨상을 수여하며 말했다.

"축하하네. 자네 이름은 그동안 많이 들었네. 앞으로도 인류를 위해 많이 공헌해 주길 바라겠네."

"감사합니다, 전하."

한수는 고개를 꾸벅 숙였다.

그가 미소 지으며 말했다.

"하하, 고맙네. 나는 개인적으로 자네 팬이었기도 하네. 자네가 맨체스터 시티에서 축구 선수로 뛰었을 때가 그립군. 현역으로 복귀할 의사는 없는 건가?"

"죄송합니다, 전하. 저도 이제 은퇴하고 야인의 삶을 살아가려 하고 있습니다. 이제부터는 베푸는 삶을 살아가려 합니다."

"아쉽군. 축구의 신을 더 이상 볼 수 없게 될 줄이야."

칼 구스타프 16세는 축구 광팬이기도 했다.

실제로 그가 가장 좋아하는 축구 선수는 즐라탄 이브라히

모비치였다.

그는 스웨덴의 전설적인 축구 선수로 스웨덴 국가대표팀의 일원이기도 했다.

그런 칼 구스타브 16세가 즐라탄 이브라히모비치 이후로 가장 좋아하게 된 축구 선수가 강한수였다.

맨체스터 시티에서 강한수가 펼치는 플레이를 보며 칼 구스타브 16세는 감탄에 감탄을 거듭했고 틈이 날 때마다 에티하드 스타디움을 찾아가서 직관한 경험도 있었다.

실제로 그는 만수르 왕자와도 친분이 두터웠고 한수가 뇌종양을 앓고 있다는 말을 듣고 난 이후 그 역시 적극적인 후원을 아끼지 않았을 정도였다.

그런데 그 후원 덕분에 한수가 앓던 불치병이 완쾌됐을 뿐만 아니라 그가 이렇게 위대한 업적을 만들어냈다고 하니 그로서는 감회가 남다를 수밖에 없었다.

그렇게 노벨상 수상이 끝난 뒤 축하파티가 열렸다. 단연코 사람들의 관심을 가장 많이 잡아끈 건 강한수였다.

그뿐만 아니라 그의 아내인 제니퍼 강, 딸 엘레나 강까지.

그들에게 사람들의 온갖 시선이 모두 쏟아지고 있었다.

아직 삼십 대 초반밖에 되지 않은 젊은 나이에 노벨상을 수상했을뿐더러 불치병을 완쾌시킬 수 있는 방법을 만들었다.

그뿐이랴. 뇌과학에 혁신적인 발전을 가져오게 함으로써 그밖에 다른 질병의 치료법 연구에도 보탬을 줬다.

그것을 생각하면 강한수의 업적은 차고도 넘친다고 할 수 있었다.

실제로 대부분의 과학자들 역시 이구동성으로 강한수가 가장 많은 역할을 해냈다고 이야기하고 있었기 때문이다.

그렇게 파티 내내 한수는 많은 사람과 이야기를 나눴고 그들의 호의를 얻어낼 수 있었다.

그러나 한수는 이번 노벨학상을 끝으로 은퇴하고 로스앤젤레스의 베벌리힐스에 있는 저택에서 유유자적하게 시간을 낚을 생각이었다.

뇌종양은 완치되었지만 여전히 한수의 뇌는 불안정한 상태였다.

그동안 여러 재능을 얻기 위해 숱하게 뇌를 혹사시킨 까닭이 컸다.

뇌종양은 완치시켰지만 그전에 혹사되었던 뇌 기능을 회복하려면 긴 시간을 필요로 할 게 분명했다.

그렇기 때문에 한수는 더욱더 칩거하려 하고 있는 것이었다.

그렇게 한수가 베벌리힐스에 있는 저택에 틀어박힌 지 3년이란 시간이 지났다.

한수가 아무것도 하지 않는 동안 제니퍼 로렌스, 아니, 제니퍼 강은 꾸준히 작품 활동을 이어 나갔다.

이미 그녀는 할리우드 여배우 중에서도 독보적인 위치에 올라 있었다.

삼십 대 중반의 그녀는 세계적인 스타로 그녀와 함께 작업하고 싶어 하는 제작자만 해도 수백 명에 이를 정도였다.

또, 그 제작자들이 하나하나 세계적인 거장이라는 점도 특별한 것이었다.

그러다가 가끔 그들은 제니퍼 강에게 한수의 소식을 묻곤 했다.

그가 폴 그린그래스 감독의 영화에 출연해서 획기적인 모습을 보여줬던 건 누구나 아는 사실이었다.

그 덕분에 할리우드에 동양인 진출이 활발해졌을뿐더러 백인보다 더 낮은 대우를 받던 환경도 개선될 수 있었다.

물론 여전히 백인에 비해 대우가 좋지 않은 건 맞지만 과거에 비해서는 많이 개선된 게 사실이었다.

"제니퍼, 한스는 복귀할 생각이 전혀 없어요?"

"그런 거 같아요. 늘 집에서 명상만 하고 그러더라고요."

제니퍼 강이 아쉬운 얼굴로 말했다. 그녀는 한수가 보다 활발한 활약을 해줬으면 하는 바람이 있었다.

집에 머무르며 딸아이와 함께 놀아주는 모습도 보기 좋았지만, 세계적인 스타로서의 강한수도 그녀가 좋아하는 모습이었으니까.

그러나 한수는 여전히 건강이 좋지 않다며 바깥출입마저
아예 하질 않고 있었다.

그러나 한수의 소식을 궁금해하는 사람들은 적지 않았다.

노벨 병리학 의학상을 수상한 삼십 대 초반의 젊은 과학자
일뿐더러 세계 축구계를 주름잡은 축구 선수이기도 했고 아카
데미 남우주연상을 첫 작품에서 수상한 영화배우이자 예능계
의 마이더스의 손이었다.

그밖에도 드러나지 않았을 뿐 그가 가진 재능은 정말 특별
한 것이었다.

그랬기에 사람들은 그가 더 세상 밖으로 나오길 바라고 있
는 것일지도 몰랐다.

한수는 평소와 별반 다를 것 없이 생활하고 있었다.

달라진 게 있다면 능력을 최대한 억누른 채 조용히 살아가
고 있다는 것 정도였다.

그를 아는 사람들은 언제 돌아올 것인지 몇 번이고 묻곤 했다.

그럴 때마다 한수의 대답은 늘 한결같았다. 몸 상태가 좋지
않아서 이대로 푹 쉬고 싶다는 게 그의 뜻이었다.

그의 생명을 위험하게 만들었던 악성 뇌종양도 완치됐고 더

이상 아무 문제 없는데 어째서 복귀하지 않느냐는 질문에도 한수는 애써 웃어 보일 뿐이었다.

그러나 그러는 동안에도 인공지능 연구는 활발하게 이루어지고 있었고 어느 정도 가시적인 성과를 보이는 중이었다.

그리고 얼마 지나지 않아 오랜 시간 연구하고 개발 중이던 인공지능과 관련해서 첫 테스트 결과가 나왔다. 그 결과는 대단히 충격적이었다.

한수는 화상통화로 클레버 윌슨 박사와 대화를 나누고 있었다.

그는 인공지능 개발팀을 총괄하고 있는 팀장이었다. 그러나 그의 표정은 좋아 보이지 않았다.

한수가 그를 향해 부드러운 목소리로 말했다.

"그동안 고생하셨습니다. 윌슨 박사님."

-아쉽습니다. 그동안 정말 많은 노력을 기울였고 구글이나 애플 등 다른 회사와도 협력해 가면서 최선을 다해봤지만 불가능하다는 결론에 이를 수밖에 없었습니다.

결과적으로 실패했다. 인공지능을 개발하는 것은 성공했다. 옛날 애플이 만들었던 알파고를 뛰어넘는 혁신적인 인공지능이었다.

하지만 한수가 갖고 있는 채널 마스터.

그 존재에 버금가는 인공지능을 만드는 데는 실패했다.

지금 연구진이 개발한 인공지능은 채널 마스터에 비하면 태양과 반딧불의 밝기 차이만큼 극심한 차이가 났다.

천문학적인 돈과 세계 최고의 석학들 그리고 시간을 들였지만 몇 세대 앞선 테크놀로지를 따라잡는 건 불가능한 일이었다.

한수는 화상통화를 끝냈다. 자신의 힘만으로 채널 마스터의 존재를 규명하는 건 실패했다.

이제 남은 건 하나뿐이다. 자신의 능력을 모두 포기하는 한이 있더라도 채널 마스터의 그 존재에게 직접 묻는 것밖에 없다.

관건은 한수가 자신의 능력을 포기할 수 있느냐 없느냐의 여부다.

그동안 한수는 채널 마스터를 통해 정말 많은 능력을 쌓아 왔다.

그를 세계적인 유명인사로 만든 축구와 노래뿐만 아니라 정말 다양한 분야에서 한수는 정점에 올라설 수 있었다.

채널 마스터가 아니었으면 한수가 이렇게 유명세를 탈 일도 없었을 테고 사람들한테 인정받지도 못했을 것이다.

그러나 지금 와서는 그것들 모두 의미가 없어졌다.

이미 한수에게는 누군가에게 인정을 받는 것보다는 가족이 더 소중해졌기 때문이다.

오히려 대중들의 관심은 한수를 지치게 할 뿐이었다.

실제로 한수가 칩거를 끝내고 매스컴에 출연하게 되면 못해도 수백 명이 넘는 기자들이 그를 쫓을 게 분명했다.

지금도 한수 집 주변을 어슬렁거리는 파파라치들이 수두룩했다.

그들은 집에만 머물러 있는 한수를 어떻게든 취재하고자 눈에 불을 키고 있었다.

그렇다고 한국으로 돌아갈 수도 없는 것이 그렇게 했다가는 가족끼리 생이별하는 꼴이 되어버릴 수 있기 때문이었다.

제니퍼 강은 할리우드 톱스타였고 그녀의 활동 반경은 이곳 할리우드에 치중되어 있었으니까.

물론 그녀한테 모든 걸 다 끝내고 한국으로 가서 살자고 하면 그녀는 선뜻 한수의 뜻을 받아들일 것이다.

그녀 역시 다른 무엇보다 가정을 가장 소중하게 생각하니까.

그렇지만 그것은 너무나도 이기적인 일일뿐더러 제니퍼 강을 사랑하는 한수로서는 그녀의 작품 활동을 끝까지 응원할 생각이었다.

그러나 그와 별개로 인공지능 개발에 있어 큰 성과를 거두지 못한 건 아쉬운 일이었다.

어쨌든 선택을 내려야만 했다. 하지만 한수는 이렇다 할 선택을 내릴 수 없었다.

지금 자신이 갖고 있는 능력들. 모두 다 포기할 수 있다.

이미 한수는 모든 걸 이뤘기 때문이다. 그러나 딱 한 명, 눈에 밟히는 사람이 있었다.

그의 딸 엘레나였다. 그녀는 무럭무럭 자라는 중이었다.

그럴 때마다 한수는 채널 마스터를 통해 얻은 재능을 발휘해서 그녀를 양육하고 있었다.

그녀는 한수가 부르는 노래를 듣길 좋아했고 그가 치는 피아노 연주를 자장가 삼아 들었으며 한수가 만들어주는 요리를 세상에서 가장 맛있는 요리라고 생각하고 있었다.

그러나 채널 마스터의 능력을 잃어버리게 되면 그것들 모두 불가능해진다.

채널 마스터 없이 한수의 재능 자체는 평범한 수준, 아니, 어쩌면 그 이하일지도 모르니까.

그런 탓에 한수로서는 고민할 수밖에 없었다.

딸아이를 생각하면 지금 당장은 자신의 호기심을 억눌러두는 게 더 나은 판단일 수 있었다.

그리고 한수는 마음속으로 결정을 내렸다. 지금은 다른 누구보다 딸아이가 한수에게 가장 소중했다.

"아빠. 저 갔다 올게요."

"그래. 그 마이크인지 마크인지 하는 놈하고는 가까이 지내지 말고."

"치, 저도 연애할 권리가 있다고요!"

"그래. 그래도 그런 놈팡이는 안 돼."

"됐어요. 저 갈래요!"

한수는 얼마 전 사준 소형차를 타고 학교로 향하는 엘레나를 보며 입가에 미소를 그렸다.

어느새 훌쩍 자라 대학생이 된 엘레나는 엄마를 빼어 닮았다.

그녀는 한수의 모든 것이나 진배없었다.

왜 남자가 딸을 낳으면 딸바보가 된다는 건지 한수는 오래전부터 느끼고 있었다. 그리고 점점 커갈수록 한수에게 딸은 세상 그 무엇과도 바꿀 수 없는 소중한 존재였다.

다만 한 가지 마음에 걸리는 건 마이크인지 마크인지 뭔가 하는 놈이 자꾸 엘레나한테 치근덕거리고 있다는 것이었다.

그러나 엘레나는 그 덩치만 큰 놈을 은근히 마음에 들어 하는 눈치였다.

그랬기에 딸바보인 한수 입장에서는 더욱더 분통이 터질 수밖에 없었다.

"자기, 또 마크 때문에 그래?"

한수가 자신을 끌어안는 사람을 향해 되물었다.

"하, 마이크가 아니고 마크였어?"

"응, 마크 트웰스. 되게 유명하잖아."

그를 끌어안은 사람은 제니퍼 강이었다. 그녀가 웃으며 말했다.

마크 트웰스.

그는 지금 엘레나가 다니고 있는 UCLA(University of Califonia, Los Angeles) 브루인스의 쿼터백으로 미식축구가 미국에서 가장 인기 많은 스포츠인 걸 생각해 보면 UCLA의 킹카라고 할 수 있었다.

"후, 내가 지금 미식축구를 뛰어도 그 녀석보다 잘할걸?"

한수 말에 제니퍼 강이 두 눈을 동그랗게 뜨며 말했다.

"에이, 우리 남편이 대단하긴 해도 그건 조금 어렵지 않을까?"

미식축구는 다른 어떤 스포츠보다 체격 조건이 중요시된다.

괜히 쿼터백을 키가 190㎝가 넘고 온몸이 근육질로 이루어진 괴물들이 맡는 게 아니다.

흔히 미국에서 하는 농담에는 미식축구 선수가 되려다가 실패한 낙오자들이 야구 또는 농구를 한다는 이야기가 있다.

그것을 생각하면 마크 트웰스, 그 녀석의 피지컬이 엄청나리라는 건 유추 가능한 일이었다.

다만 한수 입장에서 마크 트웰스는 딸에게 어떻게든 달라붙으려 드는 골칫덩어리에 불과할 뿐이었다.

"아니, 충분히 가능해. 나 못 믿는 거야?"

"그건 아닌데…… 그래도 언제까지 그렇게 품 안에 둘 거야? 내가 볼 때 엘레나는 당신한테 연애 중인 거 허락받고 싶어 하는 눈치던데?"

"설마…… 설마 진짜 그 덩치만 큰 애송이하고 사귀고 있다는 거야?"

"글쎄. 내가 볼 땐 그런 거 같은데?"

제니퍼 강 말에 한수가 눈매를 찌푸렸다. 그 모습에 제니퍼 강이 눈을 흘겼다.

"자꾸 그러면 나 화낼 거야. 이제 엘레나도 대학생이라고! 우리 아빠도 딸바보였지만 대학생쯤 됐으면 알아서 잘하겠지 라며 신경 안 썼다고. 오히려 지갑에 콘돔을 넣어줬을 정도였다니까?"

"뭐?"

한수가 놀란 얼굴로 제니퍼 강을 쳐다봤다. 그 표정에 제니퍼 강이 어깨를 으쓱했다.

"그 정도는 당연한 거 아니야? 어렸을 때부터 그런 걸 올바르게 가르쳐야 원치 않는 임신을 안 한다고."

틀린 말은 아니었다.

우리나라 성교육이 지나치게 폐쇄적인데 비해 서양의 성교육은 대단히 개방적일뿐더러 효율적이었다.

그것을 감안하면 자신의 방식보다 제니퍼의 방식이 옳다고 봐야 했다.

한수가 고개를 끄덕였다.

"알았어. 그러면 우리 단둘이 여행이나 갔다 올까?"

"여행? 어디로?"

"음, 조용한 휴양지로 가는 게 낫겠지? 아니면 왕자님한테 부탁해 볼까? 함께 가자고 해도 좋고."

"나야 좋지."

요즘 그녀도 작품 활동을 더 이상 하지 않고 쉬고 있었다.

한수는 그녀를 끌어안았다. 세상이 더할 나위 없이 행복해 보였다.

한수는 그 날 이후 엘레나에 대해 간섭하는 걸 그만뒀다.

처음에만 해도 신나 하던 엘레나였지만 며칠 지나자 불만을 가득 드러내곤 했다.

항상 곁에 함께해서 엄마보다 더 가까운 한수가 예전 같지 않자 왠지 모르게 속상한 것이리라.

그러나 한수는 대학생인 딸을 이렇게 계속 잡아둘 순 없다고 생각하고 있었다.

이미 한수의 나이도 마흔여섯이었다. 그리고 며칠 뒤 엘레나가 수줍은 얼굴로 남자아이를 데려왔다.

그전까지 엘레나는 자신의 집안을 상세하게 밝히지 않았기 때문에 처음 엘레나 집에 초대받고 온 남자애는 무척 당황해하는 기색이 역력했다.

겉으로 보기에 엘레나는 수수한 옷차림에 명품도 없는 평범하고 발랄한 여대생에 지나지 않았기 때문이다.


BMW MINI를 끌고 다닌 건 조금 특이한 점이긴 하지만 집이 멀어서 그럴 수도 있다고 생각하고 있었다.

그런데 그녀가 살고 있는 집은 베벌리힐스에 위치해 있는 궁궐 같은 대저택이었다. 그리고 마크 트웰스는 이곳에 누가 살고 있는지도 알고 있었다.

자신의 부모님이 늘 즐겨듣던 오아시스(OASIS) 그리고 그 밴드의 리더였던 노엘 갤러거와 함께 앨범을 발매했던 동양인 보컬리스트가 살고 있는 집이었다.

마크 트웰스가 떨떠름한 얼굴로 엘레나에게 물었다.

"저, 정말 이 집이 너네 집이야? 여긴 한스 강이라는 분의 집이잖아."

"우리 아빠야."

"……마, 말도 안 돼."

마크 트웰스가 고개를 절레절레 저었다.

강한수. 그는 세계적인 유명 인사였다. 이십 대 시절 그는 온갖 분야에 이름을 올렸고 개중 몇몇은 세계 최고로 평가받기도 했다.

이를테면 체스나 축구 같은 것에서 그는 인공지능마저 뛰어넘은 최고의 인간으로 평가받았다.

특히 축구에서 그는 신으로 평가받았는데 농구에 마이클 조던이 있다면 축구에는 강한수가 있다는 이야기가 있을 정도였다.

UCLA 브루인스의 간판스타이자 미래가 기대되는 유망주 쿼터백인 마크 트웰스이지만 강한수에 비하면 그 명성은 새 발의 피에도 못 미친다고 봐야 했다.

"후."

마크 트웰스는 심호흡을 하고 집 안으로 향했다. 입구를 통과해서 안으로 들어오자 숲으로 조성된 길이 보였다. 그 길을 따라 두 사람은 BMW MINI를 타고 이동했다.

마크 트웰스가 엘레나를 보며 물었다.

"자동차를 왜 끌고 다니나 했더니……."

"아, 맞아. 현관에서 집까지 들어가는데 걸어 올라가기 번거로워서 아빠가 면허증 받자마자 사준 거야."

그렇게 길을 따라 언덕을 타고 올라오자 커다란 수영장이 제일 먼저 눈에 들어왔다.

그뿐만 아니라 수영장 옆에는 깔끔하게 조성된 정원이 있었다.

붉은색 지붕이 덮혀 있는 새하얀 집은 한눈에 담기지 않을 만큼 커다랬다. 그리고 문 앞에 이 집의 주인 내외가 마중을 나와 있었다.

남자는 그 전설적인 축구 선수 강한수. 여자는 세계적인 할리우드 톱스타 여배우 제니퍼 강이었다.

마크 트웰스가 BMW MINI에서 내린 뒤 그들 앞으로 걸어갔다.

한수가 선뜻 먼저 악수를 건넸다.

"자네가 마크군. 반갑네. 한스일세."

"처, 처음 뵙겠습니다. 마크 트웰스입니다."

"반가워요. 제니퍼 강이에요. 제가 누군지 따로 소개는 안 해도 되겠죠?"

"그럼요."

"그럼 안으로 들어갈까? 우리 딸이 좋아하는 남자친구라는데 어떤 친구일지 궁금해서 말이야. 사실 그래서 한숨도 잠을 못 잤거든. 하하."

한수가 호탕하게 웃으며 그를 안으로 끌어당겼다.

엘레나는 발을 동동 굴렀다. 설마하니 한수가 마크 트웰스한테 어떤 해코지를 할까 봐 걱정스러웠기 때문이다.

그리고 마크 트웰스는 전설적인 축구 선수가 아닌 딸바보를 만날 수 있었다.


마크 트웰스는 큰 키와 엄청난 덩치와 어울리지 않을 만큼 순박한 녀석이었다. 바람둥이 기질이 다분할 것이라고 생각했지만 그런 것도 전혀 없었다.

자신의 아내를 빼닮은 엘레나에게 푹 빠져 있는 것 같았다.

더군다나 엘레나도 마크 트웰스를 좋아하고 있으니 두 사람의 교제를 막을 이유는 없었다.

서로 사고만 치지 않길 바랄 뿐이었다. 간단한 면접이 끝난 뒤 마크 트웰스가 먼저 돌아갔다. 그리고 한수는 엘레나를 불러 말했다.

"한동안 나하고 네 엄마는 집을 비울 거다."

"네? 그게 무슨 말이에요?"

"당분간 휴가를 떠나기로 했어. 나도 꽤 오랜 시간 집에만 처박혀 있었더니 슬슬 지겨워져서 말이야. 바깥세상 구경 좀 하고 올 생각이다."

"아빠! 그럼 저는요!"

"왜? 요리도 그쯤 하면 잘만 하잖니. 부족할 건 전혀 없을 테고. 학교 혼자 갔다 오는 게 어려워?"

"그건 아니지만…… 그래도 두 분 모두 어딜 가신다는 게 걱정돼서……."

늘 한수와 함께 있던 엘레나. 한수는 노벨상을 수상받고 돌아온 그 날 이후 단 한 차례도 집 밖으로 나가본 적이 없었다.

누군가는 한수가 치명적인 질병을 앓고 있기 때문에 나올 수 없다고 이야기했고 누구는 한수가 전신 마비가 되어버렸다고 소문을 퍼뜨리곤 했다.

그 이후로도 한수의 근황을 파헤치고 싶어 하는 파파라치들이 속속 달라붙었지만 한수의 근황을 파헤친 사람은 전혀 없었다.

제니퍼 강이 아카데미 시상식에서 여우주연상을 수상했을 때도 그는 칩거를 깨지 않았다.

그동안 집에만 틀어박힌 채 이십 년 넘게 한수는 끊임없는 연구에 매달렸었다.

그가 매달렸던 건 인공지능에 관한 연구였다. 어떻게 해서든 그는 인공지능을 채널 마스터에 가까운 존재로 끌어올리고자 했고 인공지능과 관련 있는 학자들과 교류만을 나누며 연구에 연구를 거듭했다.

그리고 최근 들어 약간의 성과를 거두는 데 성공할 수 있었다.

물론 아직 부족한 게 사실이었다. 그러나 개량에 개량을 거듭한다면 언젠가는 버금가는 성능의 인공지능을 만들어낼 수 있지 않을까 하는 생각을 하고 있었다.

하지만 그것 때문에 너무 오랜 시간을 집 밖에 나가지도 못한 채 칩거해 있었다.

다행히 몸 상태는 확실하게 호전됐기 때문에 바깥출입 정도는 문제없을 것 같았다.

다만 엘레나 입장에서는 전혀 그렇지 않다는 게 문제였다.

그녀로서는 늘 돌아오면 집에 있던 한수가 한동안 자리를 비운다는 게 여러모로 불안할 수밖에 없었다.

그러나 두 사람은 이미 결정을 내린 상황. 그리고 나흘 뒤 그들은 로스앤젤레스 국제공항에 도착한 전용기에 그 누구의 방해도 없이 손쉽게 올라탈 수 있었다.

전용기를 타고 한수 부부는 오랜만에 반가운 얼굴을 마주할 수 있었다.

화상통화로 종종 이야기를 나눴고 가끔 뉴욕에 찾아온 만수르 왕자가 로스앤젤레스로 와서 한수를 만난 적은 있었지만 이렇게 한수가 베벌리힐스에서 나와 만수르 왕자를 찾아간 건 정말 간만의 일이었다.

그 당시만 해도 마흔여섯의 중년인이었던 만수르 왕자는 이십 년의 세월이 지나 예순여섯의 장년이 되어 있었다.

그러나 여전히 그는 맨체스터 시티의 구단주로 자리하고 있을뿐더러 아부다비 토호국의 왕제(王弟)이자 아랍에미리트의 총리로 자리하고 있었다.

"오랜만이군, 한스."

만수르 왕자가 살갑게 인사를 건넸다. 한수가 웃으며 말했다.

"오랜만입니다, 왕자님. 그동안 잘 지내셨습니까?"

"나야 늘 똑같지. 자네야말로 몸은 많이 좋아진 건가? 이제는 바깥에 돌아다녀도 될 만큼 몸 상태가 많이 호전된 건가?"

"예, 많이 좋아졌습니다. 그것도 있고 아내하고 오랫동안 바깥 외출을 하질 않아서 이번에 같이 나오게 됐습니다."

"잘 생각했네. 너무 집에만 틀어박혀 있어도 좋지 않네. 그보다 자네 딸아이는 함께 오지 않았군."

"남자친구가 생겨서 바쁩니다. 아직 대학 강의도 끝나질 않았고요. 그래서 그냥 저희끼리 왔습니다."

"그렇군. 어차피 나도 아내하고 단둘이 휴양을 떠날 생각이었네."

"어디로 가실 생각이십니까?"

"아프리카 근처에 좋은 곳이 있다네. 그곳으로 가세. 내 개인 별장도 거기 자리하고 있다네."

그 이후로 시시콜콜한 이야기가 이어졌다. 주된 이야기는 역시 맨체스터 시티와 관련된 것이었다.

만수르 왕자는 여전히 맨체스터 시티를 아끼고 있었다.

이야기를 들어보니 중요한 경기 때마다 늘 직관하러 가는 것 같았다.

그 날 한수는 만수르 왕자의 저택에서 하룻밤 머물렀다. 그리고 그는 오랜만에 만수르 왕자한테 요리 솜씨를 발휘했다.

만수르 왕자는 연일 칭찬을 아끼지 않았다. 오랜 시간이 지났지만 한수의 솜씨는 여전히 훌륭했다.

그리고 그다음 날 그들은 만수르 왕자가 빌린 호화 크루즈선을 타고 이동하기 시작했다.

꽤 오랜 시간 크루즈선을 타고 이동한 끝에 그들이 도착한 곳은 아프리카 동쪽에 위치해 있는 세이셸(Seychelles)이라는 곳이었다.

이곳의 인구는 10만 명이 채 안 되는 곳으로 영국의 직할 식민지였다가 1976년이 되어서야 공화국으로 독립한 곳이었다.

인도양 최후의 낙원이라 불리는 곳으로 진기한 동물과 식물이 풍부할 뿐만 아니라 관광업을 중심으로 서비스업이 발달한 나라다.

크루즈선에서 내린 뒤 그들은 항구에 미리 대기 중이던 헬리콥터를 타고 이동했다.

잠시 뒤 도착한 곳은 웬만한 대저택 못지않게 커다란 호화 별장이었다.

이곳은 만수르 왕자가 개인 비용으로 구입한 별장으로 그 앞에는 그림 같은 절경이 펼쳐져 있었다.

"이런 곳도 있었군요."

한수는 혀를 내둘렀다. 사파이어를 연상시키게 하는 인도양의 푸른 바다는 눈부실 정도로 아름다웠다.

점점 모래사장에 가까워질수록 연푸른색을 띠는 바다는 그 속을 파헤쳐볼 수도 있을 것처럼 투명하기만 했다.

그뿐만 아니라 해안가 근처에는 자이언트 터틀이 무리 지어 돌아다니고 있었다.

웬만한 어린아이만 한 크기의 자이언트 터틀이 뒤뚱거리며 기어가는 모습은 그 자체로 장관이었다.

"오길 잘한 거 같아."

제니퍼 강이 눈부신 미소를 지어 보였다. 한수도 그녀를 끌어안으며 말했다.

"응, 내가 생각해 봐도 잘한 거 같아."

그 날 저녁 진수성찬이 차려졌다.

한수가 만든 요리에 비하면 아쉬운 감이 있지만 그래도 훌륭한 요리임은 분명했다.

식사가 끝난 뒤 한수는 제니퍼와 함께 방에 들어왔다.

오늘 한수는 제니퍼에게 모든 걸 고백할 생각이었다.

그동안 그 누구에게도 밝히지 못했던 자신의 비밀을, 한국에 계신 부모님들조차 모르는 그 비밀.

그 비밀을 이야기하려 하는 이유는 다른 게 아니었다.

한수는 이미 많은 것을 이뤄냈다. 채널 마스터에 흡사한 인공지능을 완성시키지 못했다는 게 아쉽긴 하지만 더는 미룰 수 있었다.

이미 엘레나는 스무 살이 되었다. 언제까지 계속해서 딸을 핑계 댈 수는 없는 일이었다.

그는 창고에 재워져 있는 와인을 가져왔다. 그런 다음 주방에 있는 재료를 이용해서 간단히 먹을 수 있는 카나페를 만들었다.

그 이후 한수가 와인과 카나페를 갖고 올라오자 제니퍼가 눈매를 좁히며 물었다.

"무슨 일 있어? 왜 이렇게 분위기를 잡아?"

여자의 직감은 늘 민감하다.

제니퍼 강은 이곳에 오기 전부터 한수의 분위기가 뭔가 묘하다는 걸 느끼고 있었다.

한수는 발코니에 있는 테이블에 와인과 카나페를 차려놓은 다음 제니퍼를 보며 말했다.

"오늘 네게 밝힐 일이 있어."

"밝힐 일? 그게 뭔데?"

제니퍼가 눈을 동그랗게 뜨며 물었다. 그동안 한수는 자신에게 그 무엇도 숨기질 않았다.

모든 게 완벽하게 공개되어 있었고 할리우드 배우들한테는 그 흔한 바람둥이 기질도 없었다.

그야말로 가정에 충실한 완벽한 남편이었다. 결혼하고 나서 단 한 번도 부부싸움을 한 적이 없었으니 그럴 만했다.

그런데 그런 그가 갑자기 밝힐 일이 있다고 하니까 당혹스럽기 이를 데 없었다.

한수는 그녀를 바라보며 입을 열었다.

"지금부터 내가 하는 말은 한 치의 거짓도 없는 진실이야. 너무 허황스럽더라도 믿어줬으면 해."

"……무슨 일인지 모르겠지만 일단 들어볼게."

한수는 그녀에게 그동안 자신에게 있었던 모든 일을 이야기했다.

영화 「매트릭스」처럼 텔레비전을 보면 그 텔레비전 속 모든 지식이 자신에게 흡수되며 그들의 지식도 얻게 된다는 것.

그런 식으로 수많은 사람의 재능을 자신의 것으로 만들었으며 그것으로 지금 이 위치에 올라설 수 있었던 것까지.

가만히 한수가 하는 이야기를 듣던 제니퍼 강이 놀란 얼굴로 한수를 바라봤다.

그녀 역시 가끔 한수를 보면 놀랄 때가 적지 않았다.

사람 한 명이 갖고 태어나기엔 너무나도 어마어마한 재능이 한수에게 가득했기 때문이다.

"그러면 레오나르도 다빈치도……."

"아마 그런 거 같아. 그때는 텔레비전이 없었으니까 책이나 뭐 다른 걸 통해서 흡수했겠지?"

"말도 안 돼. 근데 그거 부작용은 없는 거야?"

한수가 웃으며 말했다.

"부작용? 그거 때문에 뇌에 종양이 생긴 거였어. 너무 많은 능력을 얻으려 하다 보니까 오히려 뇌에 과부하가 왔거든."

한수 말에 제니퍼 로렌스가 눈을 동그랗게 떴다. 생각지도 못한 이야기였다.

"그래서…… 음, 내게 이 사실을 밝히는 이유는 뭐야?"

"그전까지는 엘레나 때문에 밝히고 싶었지만 밝힐 수 없었어. 엘레나를 위해 해주고 싶은 게 너무나도 많았거든. 하지만 엘레나도 어느새 스무 살이 되었으니까 이쯤에는 이야기해도 될 거 같아서 말하려는 거야."

"대단해."

"응?"

왜 그동안 꽁꽁 숨겼냐고 뭐라 할 줄 알았지만 그녀의 반응은 조금 의외였다.

한수가 의아한 얼굴로 바라보자 그녀가 미소 지으며 대답했다.

"왜? 내가 뭐라 할 줄 알았어? 그 정도는 개인 프라이버시잖아. 그리고 자기가 밝힐 수 없는 이유도 있었을 테고. 아마 구글하고 한번 얽힌 것도 그게 가장 큰 이유였겠네? 맞지?"

"……응. 맞아."

"그럼 나는 문제없어. 아니, 오히려 그거 때문에 건강이 악화된 거였다면 차라리 그 능력이 없는 게 더 나을지도 모르겠다. 우리 남편이 능력 없어져도 나는 아무 상관 없어. 내가 사랑하는 강한수는 그런 능력 때문이 아니라 내면 때문이었으니까."

제니퍼 강이 환하게 웃어 보였다. 너무나도 눈부신 미소였다.

한수는 캄캄한 밤하늘을 올려다봤다. 그녀는 침대에 누워 잠들어 있었다. 흐르는 달빛에 그녀의 새하얀 나신이 눈에 비쳤다.

그녀는 자신에게 이야기했다. 건강을 위해서 그 능력은 필요 없다고.

한수는 결심을 굳혔다. 그리고 채널 마스터와 재차 연결되었다.

채널 마스터도 상황을 알고 있는 듯했다.

[정말 후회하지 않으시겠습니까?]

한수는 영화 「매트릭스」가 생각났다.

네오에게 푸른색 알약과 붉은색 알약을 건네며 후회하지 않겠냐고 묻는 모피어스. 마치 그 상황이 오버랩 되는 것만 같았다.

한수는 말없이 고개를 끄덕였다.

[좋습니다.]

알 수 없는 기묘한 울림이 들렸다.

그것은 마치 어긋난 톱니바퀴가 제자리로 맞춰지는 듯한 그런 느낌이었다.

그리고 얼마 지나지 않아 눈앞에 홀로그램이 떠올랐다.

익숙한 그 모습에 한수가 당혹스러운 얼굴로 홀로그램을 바라봤다.

그리고 낯선 목소리가 귀를 파고들었다.

-반갑군. 내 능력을 이어받은 자여.

한수가 믿을 수 없다는 얼굴로 그를 바라봤다.

그는 레오나르도 다빈치였다.


한수는 이 상황을 믿을 수 없었다.

"당신은……."

한수가 떨리는 목소리로 물었다.

"당신은 누구시죠?"

-이미 알고 있을 텐데? 하하. 나는 레오나르도 다빈치네.

"……말도 안 돼. 진짜 레오나르도 다빈치, 본인이 분명합니까?"

-물론이네. 오랜만에 본체로 나타나게 된 것 같군.

한수는 어처구니없는 얼굴로 그를 바라봤다.

그러나 애초에 채널 마스터의 존재 자체가 말도 안 되는 상황이었다. 그가 자신을 바라보며 물었다.

"당신이 제게 이것을 주신 겁니까?"

-맞네. 내 시대에는 책을 통해 경험을 쌓았지만 이 세계에는 텔레비전이라는 훌륭한 매개체가 있더군. 그래서 그것을 이용해서 능력을 얻게 하면 된다고 생각했지. 자네는 훌륭하게 그것을 해줬네.

한수는 믿을 수 없다는 얼굴로 레오나르도 다빈치를 바라봤다.

그것도 잠시 한수가 그를 바라보며 물었다.

"왜 제게 이 능력을 주신 거죠?"

-별거 아니네. 가장 이 능력을 잘 쓸 수 있는 자를 찾은 것뿐이네. 그리고 내가 볼 때 그것은 자네였네. 나는 내 후손이

이 능력을 얻게 되지 않을까 싶었지만…… 동양인이 얻게 될 줄은 생각지도 못했네.

한수가 헛웃음을 흘렸다.

"저는 당신이 레오나르도 다빈치라는 걸 믿을 수가 없습니다."

-믿지 않아도 상관없네. 믿지 않는다고 해서 달라지는 건 없으니까.

"그렇군요."

-그건 그렇고 정말 훌륭한 선택을 내려줬네. 나는 자네가 그 선택을 내릴 줄은 전혀 생각지도 못했거든. 그 누구도 그런 선택을 내린 적이 없었기도 하고.

"그 선택이라면…… 방금 전 제가 내린 선택을 말하는 건가요?"

그가 웃었다.

-그러하네. 자네가 능력을 포기하면서까지 나를 만나려 할지 아니면 능력을 절대 포기하지 않을지 그것을 알고 싶었네. 그런데 자네는 날 만나러 왔군. 자네를 유명하게 만든 그 능력을 포기하면서까지 말이야.

"……이 능력을 이용할 때마다 목숨이 위험해지는데 계속 이용할 수는 없잖습니까?"

한수의 투덜거림에 그가 웃음을 터뜨렸다.

-그런가? 그건 나도 비슷했다네. 뇌를 혹사시키는 대신 나

는 어떻게든 더 방대한 지식을 쌓고 싶어 했고 그래서 이 기술을 개발하게 됐다네. 나는 이것을 아카식 레코드라고 불렀지. 그런데 자네는 이걸 채널 마스터라고 부르는 모양이더군.

"예. 텔레비전 채널을 확보해서 능력을 얻는 것이니까 채널 마스터라고 부르곤 했습니다. 원래 명칭은 아카식 레코드였군요."

－뭐, 그건 아니야. 사용자마다 자신이 원하는 칭호를 붙여 부르는 것이니까.

"그렇군요."

－어쨌든 대가 없이 주어지는 건 없다 보니 나는 방대한 지식을 얻는 대가로 뇌를 혹사시키는 걸 선택한 것이네. 자네도 지식을 얻기 위해 뇌를 혹사시킨 것이고. 설마 공짜로 모든 걸 얻으려고 한 건가?

"그건 아니지만……."

레오나르도 다빈치. 그의 말대로라면 그동안 한수는 뇌를 혹사시켜서 능력을 얻었다는 의미였다.

그때 레오나르도 다빈치가 한수를 바라보며 물었다.

－그럼 자네한테 재차 묻겠네. 정녕 이 능력을 포기할 것인가? 역사상 그 누구도 이 능력을 얻고 난 뒤 포기한 적은 없었다네. 후회할 수도 있네. 어떠한가?

한수는 슬쩍 고개를 돌렸다. 침대에 누워 있는 아내가 보였다. 한수가 그녀를 보고 나서는 고개를 저으며 말했다.

"아뇨. 후회하지 않습니다. 지금 저는 행복합니다. 그 능력으로도 행복을 살 수 있겠지만 제게는 지금의 행복이 더 소중합니다."

레오나르도 다빈치가 입가에 미소를 그렸다.

-훌륭하군. 지금의 행복이 더 소중할 수 있겠지.

그때 한수가 그를 보며 입을 열었다.

"그런데 이 능력은 어떻게 하다가 제게 전해진 것입니까?"

-이 능력은 스스로 그 주인을 선택하게 되어 있네. 아마 자네가 할머니하고 함께 있을 때 이 능력이 자네를 발견했을 거야. 그런데 자네 나이가 어리다 보니 일부러 시간을 비운 것이고 그래서 자네 할아버지 집에 있는 창고에 남아 있던 것일 거야.

"그렇군요."

어린 나이에 뇌를 혹사하는 건 위험한 일이다. 아마 그것을 염려하고 일부러 그 즉시 한수에게 능력이 부여되지 않았던 것이다.

그런데 구형 텔레비전에 능력이 잠든 채 창고에 보관되어 있었고 그게 다시 한수의 손에 들어가기 전까지 능력이 깨어나지 못한 것이었다.

-아마 그 능력이 텔레비전에 들어가면서 자네 할머니한테 예지몽 형태로 나타났을 거야. 하하, 꼭 손주한테 이 텔레비전을 전달해 달라고 말이지. 그런데 자네 할머니가 일찍 별세하

면서 본의 아니게 창고에 갇혀 있던 셈이지.

어쨌든 할머니가 신신당부한 끝에 한수 할아버지는 텔레비전을 내다 버리지 않았다.

손주에게 줘야 한다고 했으니 그만큼 사연이 있는 물건이라고 여겼을 것이다.

그러다가 한수가 창고 정리를 하러 왔을 때 한수 어머니한테 떠맡겨 보낸 것이었다.

궁금증을 전부 다 해결한 뒤 한수가 레오나르도 다빈치를 바라보며 물었다.

"이제 제 능력은 전부 다 사라지는 건가요?"

-그러하네. 자네가 가지고 있는 모든 것이 지워질 것이네. 그러나 스스로 노력해서 얻은 것들은 여전히 가질 수 있을 걸세. 그것은 자네가 스스로 얻어낸 것이니까.

레오나르도 다빈치가 하는 말뜻은 확고했다.

한수가 아무 노력 없이 얻은 것 그리고 그가 다른 사람에게서 얻은 지식까지 그 모든 것이 전부 사라진다는 의미였다.

레오나르도 다빈치가 한수를 보며 물었다.

-이렇게 하는 건 어떻겠나?

"무엇이죠?"

-그 능력을 사라지지 않게 해주지.

"네?"

레오나르도 다빈치가 한수를 보며 말했다.

-그 대신 자네도 나처럼 영체가 되는 것이네. 신체를 버리고 영체가 된다면 뇌의 한계를 벗어던질 수 있게 되네.

잠시 호흡을 고른 레오나르도 다빈치가 엄숙한 목소리로 말을 꺼냈다.

-그래. 마치 신처럼 될 수 있지. 어떠한가?

한수가 고개를 저었다. 말도 안 되는 이야기였다.

레오나르도 다빈치가 아쉬움을 토로했다.

-아쉽군. 그러면 그 능력은 다시 거둬들이겠네. 이제 그 능력은 그 능력을 쓰기에 적합한 자에게 넘어갈 것이네.

그리고 한수는 그 순간 무언가 뇌 속에 파묻혀 있던 이질적인 것이 빠져나가는 듯한 느낌이 들었다.

동시에 공허함이 엄청나게 밀려들었다. 머릿속을 가득 채우고 있던 지식 태반이 뭉텅이로 사라진 듯한 느낌이었다.

그렇게 하루가 지났다.

다음 날 한수는 주방에 섰다.

요리를 하려 했지만 머릿속이 깜깜했다.

칼을 잡는 것도, 요리 방법도 기억에 남아 있었다.

그러나 군데군데 구멍이 뚫린 것만 같았다.

채널 마스터가 사라지면서 한수의 머릿속에 남아 있는 지식
은 불완전한 지식이 되어버렸다.

그랬기에 한수가 만든 요리들은 예전에 그가 만들던 요리에
비하면 맛이 이상했다.

만수르 왕자도 짐짓 당황한 얼굴로 한수를 보며 말했다.

"아무래도 자네 컨디션이 좋지 않은 모양이군."

"죄송합니다, 왕자님."

"죄송할 게 뭐가 있겠나? 걱정하지 말게. 전속 요리사도 함
께 왔으니 그에게 부탁하면 될 거야. 오히려 내가 괜한 부탁을
했네. 휴양하러 놀러 오라고 한 건데 괜히 자네한테 요리를 해
달라고 했어. 미안하네."

한수가 멋쩍게 웃었다. 식사가 끝난 뒤 제니퍼 강이 한수에
게 물었다.

"어제 했던 말, 사실이었어?"

"응. 사실이었어."

"그러면 그 능력은……."

"사라졌어."

"……괜찮겠어?"

제니퍼 강이 걱정스러운 얼굴로 한수를 바라봤다.

상실감이 가져오는 충격은 어마어마하다. 그런데 한수는 지

금 자신이 갖고 있던 것 태반을 버렸다.

걱정스러울 수밖에 없었다. 하지만 한수의 표정은 담담했다.

"애초에 내가 갖고 있던 게 아니었어. 누군가에서 빌려 쓰고 있던 것뿐이야. 원래 없던 거였다고 생각하면 크게 상심할 일도 없어. 걱정하지 마."

"그래도……."

"다만 이제부터 내가 요리 못한다고 너무 타박하진 마."

"내가 그럴 거 같아?"

"응. 내가 해준 요리가 맛있어서 좋아하게 됐다고 한 거 아니었어?"

제니퍼 강이 머뭇거리다가 조심스럽게 고개를 끄덕였다.

"그건 맞아. 그래서 조금 아쉽긴 하네."

"뭐? 그보다 이거 어쩌지? 당장 엘레나가 가장 당혹스러워할 게 눈에 선해서."

"……걱정하지 마. 당신이 언제까지 요리해 줘야 하는 건 아니잖아. 이참에 그러지 말고 자기가 제일 잘할 수 있는 일을 찾아보는 건 어때?"

"음, 내가 잘할 수 있는 일이라……."

한수가 곰곰이 생각에 잠겼다. 과연 자신이 잘할 수 있는 일은 무엇이 있을까?

채널 마스터 없이 어떤 걸 제일 잘할 수 있을지 그게 궁금하긴 했다.

다만 벌써 마흔여섯 살이 되어버렸다는 게 한 가지 뼈아픈 것이었다.


그날 이후 한수는 보다 더 활발하게 바깥으로 돌기 시작했다.

더 이상 몸 상태에 문제는 없었다. 그 어느 때보다 더 쌩쌩해졌다. 그리고 잃어버린 지식은 빠르게 다시 차올랐다.

지나치게 뇌를 혹사했지만 그 대신 얻은 것도 있었다. 인간의 신체는 대단히 특별하다.

한번 부러진 뼈는 그다음 더 빠르고 단단하게 붙는 것처럼 더 많이 혹사당할수록 그만큼 수복 능력도 강화된다.

뇌 역시 비슷하다. 지난 십 년 동안 계속해서 혹사당한 것만큼 한수의 뇌세포는 보다 더 강인하게 발달했고 새로운 지식을 습득하는 데 있어서 많은 이점을 얻을 수 있었다.

그래서 마흔여섯 살이라는 나이에 맞지 않게 한수는 새로운 지식을 끊임없이 받아들였고 그 덕분에 예전만큼은 아니지만 그에 버금가는 기량을 되찾을 수 있었다.

물론 그와 별개로 신체 능력은 꾸준히 하락세였다. 나이가 나이인 만큼 자연스럽게 한수도 늙어가고 있는 것이었다.

수십 년이 흘렀다. 인간의 과학 기술은 급속도로 발전을 이루는 데 성공했다.

인공지능은 그 어느 때보다 눈부실 정도로 발달했고 그게 가능했던 건 강한수와 그가 이끌던 팀 덕분이었다.

노년의 한수는 다른 과학자들과 더불어 인공지능을 개발하는 데 더욱더 힘을 기울이고 있었다.

채널 마스터와 비슷한 존재를 만드는 건 실패했다.

그렇지만 인공지능의 발달로 사람들은 훨씬 더 편한 삶을 지속적으로 누리고 있었다.

최첨단으로 발달한 도시를 바라보며 한수는 입가에 미소를 그렸다.

나쁘지 않은 삶이었다. 많은 것을 이뤘다.

그의 이름은 역사에 남았다. 그가 목표로 했던 것이었다. 그 후에도 한수는 많은 업적을 이뤘다.

불치병을 없애고 아픈 사람들을 구호하는 데 최선을 다했다.

인공지능으로 최대한 많은 사람에게 행복을 가져다줬다.

그뿐만 아니라 가정에서도 한수는 행복할 수 있었다.

사랑하는 아내와 딸이 늘 그의 곁에 있었다. 그리고 세월이 지나며 하나둘 그의 곁을 떠났다.

부모님이 돌아가셨고 친하게 지냈던 윤환도 세상을 떠났으며 만수르 왕자도 유명을 달리했다.

그밖에도 많은 사람이 떠나면서 한수 곁에는 점점 빈자리가 늘어나고 있었다.

그러다가 얼마 전에는 그가 평생 함께했던 반려 제니퍼 강이 세상을 떠났다.

그리고 이제 한수도 자신에게 남은 시간이 얼마 되지 않는다는 걸 느끼고 있었다.

그와 함께 인공지능을 개발했던 클레버 윌슨 박사가 병원 침대에 누워있는 한수를 바라보며 말했다.

"미스터 강. 지금이라도 늦지 않았습니다. 인공지능을 이용해서 당신의 두뇌를 인공 신체에 연결할 수 있습니다."

"미안합니다. 미스터 윌슨. 저는 그렇게 해서까지 제 생명을 이어 나가고 싶지 않습니다."

"미스터 강은 세계의 보배입니다. 당신을 잃는다는 건 인류에게 너무나도 뼈아픈 손해입니다."

"그러나 저는 제 아내 곁으로 가고 싶습니다. 무엇보다 사후 세계에 무엇이 있을지 궁금합니다. 하하."

한수의 맥없는 말에 클레버 윌슨 박사가 아쉬움을 토로했다.

불과 일 년 전 과학기술은 다시 한번 진보를 이뤄냈고 인공 신체 프로토타입이 개발됐다.

그뿐만 아니라 생명을 보다 더 연장시킬 수 있는 치료제도 거의 다 개발된 상태였다.

하지만 한수의 대답은 한결같았다. 클레버 윌슨 박사는 그의 뜻을 꺾을 수 없다는 걸 알았다.

그때 클레버 윌슨 박사가 한수를 보며 말했다.

"그러고 보니 저번에 특별한 걸 발견했습니다."

"예? 특별한 거요?"

"레오나르도 다빈치의 연구 성과를 찾아보면 좋을 것 같다고 해서 그것을 뒤져봤는데 미스터 강이 했던 말대로더군요. 그는 오래전 인공지능을 연구했고 실제로 어느 정도 성과를 거뒀더군요."

"그게 정말입니까? 컴퓨터는커녕 그 무엇도 없던 그 시대에요?"

"예. 사실입니다. 또 하나 신기한 게 레오나르도 다빈치의 사체는 이집트 방식으로 매장됐다더군요."

"그렇다면……."

"맞습니다. 그의 뇌는 부패하지 않았을 것이라는 이야기입니다."

그는 충격적인 이야기를 끝으로 병실을 빠져나갔다.

한수는 클레버 윌슨이 남긴 말을 곰곰이 곱씹어봤다. 어쩌면 레오나르도 다빈치는 인공두뇌를 이용해서 육신을 버리고 죽음을 초월하고자 했을지도 모른다.

그가 자신에게 건넸던 말 역시 그와 흡사했다.

신체를 버리는 대신 인공두뇌를 이용해서 죽음을 초월하고 영체로 남자고 한 것이다.

그러나 한수는 그러고 싶은 생각이 전혀 없었다.

그에게는 사랑하는 아내와 딸 그리고 그밖에 수많은 사람이 있었기 때문이다. 그것도 잠시 한수는 잡념을 떨쳐낸 채 창문 바깥을 바라봤다.

노을이 지고 있었다. 마치 자신의 죽음을 알리는 것만 같았다.

그때였다. 눈앞에 반투명한 창이 떠올랐다.

'채널 마스터는 없어졌는데?'

한수가 당혹스러워할 때였다. 레오나르도 다빈치. 그의 목소리가 들렸다.

-죽음을 앞두고 있군. 미스터 강.

"어떻게……."

-마지막으로 자네한테 묻고 싶은 질문이 있어서 말이야. 자네는 사후세계로 가서 아내를 만나고 싶어 하는 것 같지만 그곳에는 아무것도 없다네. 굳이 사후세계로 갈 필요 없이 나와 함께 신이 되겠는가?

"정말입니까? 정말 사후세계에는 아무것도 없는 겁니까?"

-그렇다네. 모든 건 전부 다 무로 돌아갈 뿐이네. 그럴 바에는 차라리 신이 되어서 이 세상에 군림하는 게 낫지 않겠나?

혹막 속에서 모든 걸 지배하는 것이지.

사후세계에 아무것도 없다는 말에 한수가 고민할 때였다.

병실로 어느새 훌쩍 자란 딸 엘레나가 들어왔다. 그녀 곁에는 예쁘장한 사내아이가 안겨 있었다.

"아빠!"

그 사내아이를 보며 한수가 미소 지었다. 세상 그 어떤 사람보다 열렬하게 사랑했던 자신의 아내 제니퍼, 눈에 넣어도 아프지 않을 딸 엘레나 그리고 그 딸을 빼닮은 사내아이까지.

이번 삶은 완벽해서 눈이 부실 정도였다.

그렇다면 다음 삶은? 다음 삶은 어떻게 될까?

이렇게 늘 인간은 다음을 기대하며 살아가게 되어 있는 것이었다. 한수가 정중한 목소리로 말했다.

"죄송합니다. 저는 다음 생애를 살아가고 싶어졌습니다."

-그때는 능력이 주어지지 않을지도 모르네. 어쩌면 인도에서 수드라, 아니, 그보다 못한 불가촉천민으로 태어날지도 모르네. 그래도 다음 삶을 살고 싶다는 건가?

"예, 그러고 싶습니다. 어떤 삶을 살든 그건 늘 소중한 것이니까요."

그리고 한수는 눈을 감았다.

-안 돼!

레오나르도 다빈치가 절규하고 있을 때 한수는 저 멀리 자신을 향해 다가오는 사람들을 볼 수 있었다.

그리고 그들을 보며 한수는 행복한 표정으로 미소를 지어 보였다.

부모님, 제니퍼 강 그리고 그 밖에 자신과 친분이 닿아 있는 모든 사람이 자신을 향해 다가오고 있었다.

그제야 한수는 후련하게 웃었다. 다음 삶이 어떻게 되든 이번 삶은 한수에게 최고의 삶이었다.

맨체스터 시티의 홈구장 에티하드 스타디움. 이곳에는 특별한 규칙이 하나 있다.

경기가 시작하고 7분 13초가 되면 이곳에 모인 수많은 팬은 일어서서 박수갈채를 보낸다.

처음 에티하드 스타디움을 찾은 한 어린 팬이 7분 13초가 되자마자 박수갈채를 보내는 사람들을 둘러보다가 할아버지를 쳐다보며 물었다.

"할아버지, 왜 다들 박수를 치고 있는 거예요?"

그 질문에 할아버지가 웃으며 말했다.

"우리 맨체스터 시티 하면 생각나는 선수가 누구지?"

"당연히 킹이죠!"

"그래. 그분의 생일이 1995년 7월 13일이었거든. 이때 박수를 치는 건 그분의 탄신일을 기리는 거란다. 지난번에 알려줬는데 그새 까먹었구나!"

"깜빡 졸았나 봐요. 헤헤. 킹이라는 선수는 어떤 선수였어요?"

"원래 그분의 성은 킹이 아니고 강이란다. 대한민국에서 온 선수였는데……"

그러면서 맨체스터 시티 팬임이 분명한 할아버지가 줄줄이 그가 어떤 선수였는지 설명하기 시작했다.


강한수.

그는 맨체스터 시티의 레전드이자 노벨 생리학 의학상 수상자, 과학자, 가수 등 여러 가지 이름으로 세계 역사에 길이 그 이름이 남아 있었다.


The End

# 나는 돌놈이다

글쓰는기계 게임 판타지 장편소설
WISHBOOKS GAME FANTASY STORY

판타지 온라인의 투기장.
## 대장장이로 PVP 랭킹을 휩쓴 남자가 있다?

"아니, 어디서 이런 미친놈이 나타나서……."

랭킹 20위, 일대일 싸움 특화형 도적, 패배!

"항복!"

'바퀴벌레'라고 불릴 정도로
끈질긴 생명력을 가진 성기사조차 패배!

"판타지 온라인 2, 다음 달에 나온다고 했지?"

평범함을 거부하는 남자, 김태현!
그가 써내려가는 신개념 게임 정복기!

우진 현대 판타지 장편소설
WISHBOOKS MODERN FANTASY STORY

# 다시 태어난
# 베토벤

1827년 한 남자의 죽음으로 고전 시대가 저물었다.

**그러나
그가 지핀 낭만의 불씨가 타오르니
비로소 새로운 시대가 열렸다.**

긴 시간이 흘러 찬란했던 불꽃도 저물어 갈 즈음.
스스로 지핀 불씨를 지키기 위해
불멸의 천재가 다시 태어났다.

## 〈다시 태어난 베토벤〉

**마치 운명이 문을 두드리듯
힘차게 손을 뻗어 외친다.
"아우아!"**